女怪人さ
通い妻
2
著＝折口良乃
画＝Zトン

「すみませんアル――八潮さん、
さっきから後ろからの圧が
すごいんですが」
「今までデートの一つにも
誘わなかった、
負け組海洋生物のことなど
気にしてはダメです、よ」

「そう言われましても――」
背後からの視線がすごい。
振り向かなくても、
じいいと見られているのがよくわかる。

CONTENTS

Yoshino Origuchi Presents
Onna Kaijin san ha Kayoi Zuma

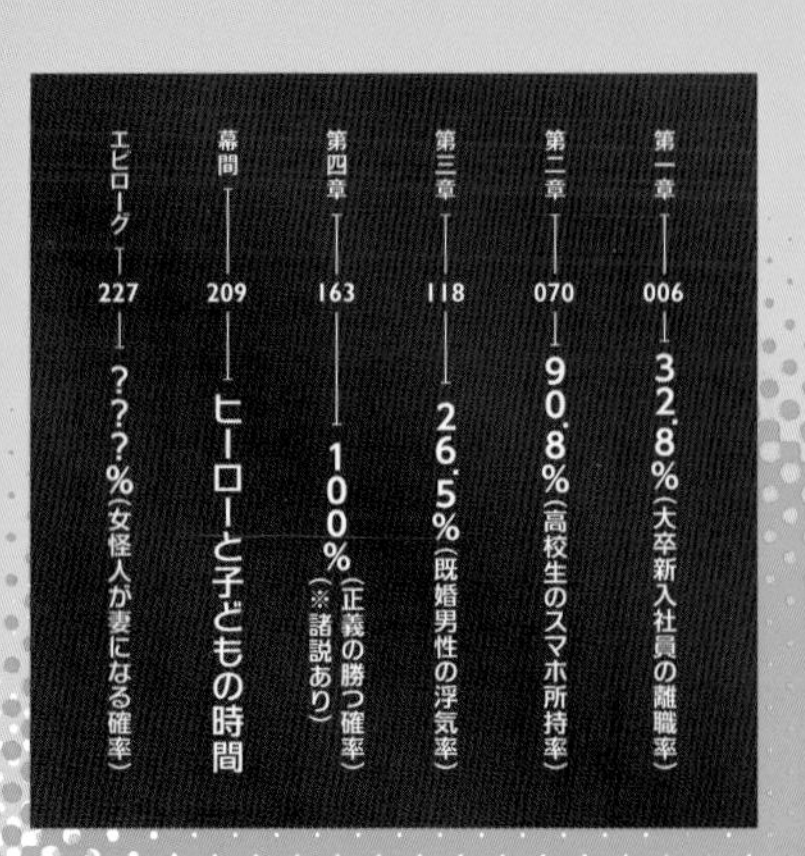

ダッシュエックス文庫

女怪人さんは通い妻2

折口良乃

第一章　32.8%（大卒新入社員の離職率）

Yoshino Origuchi Presents
Onna Kaijin san ha Kayoi Zuma

ヒーローとは、一人いれば十分なのだろうか。

たまにそんなことを、白羽修佑は考える。そして、答えはイエスである。なぜならば、彼が見たヒーロー・ヒートフレアは、ただ一人で悪の組織を壊滅させたからだ。

一人で全てを解決してしまう。

強くて、かっこいい。皆の憧れ。

そして、ヒーローではないブラック社員は、同僚と共に、人手不足を嘆きながら激務に追われるしかないのである。

ヒーローであれば、大量の書類も鮮やかに壊滅させてくれるのだろうか――。

徹夜明けの頭で、そんな益体もないことを考えていた。疲れている証拠だ。

始業時間前だというのに、すでに山ほどの仕事と向き合っていれば、こうもなるだろうが。

「おい、聞いたか」

すると、隣席の伊丹が声をかけてくる。

「伊丹さん、どうしましたか」

「新卒が入ってくるってよ」

「またまたぁ」

修佑は一笑する。

「リクトー社の、離職率80％超え、行きたくない部署ナンバーワン、仕事は多すぎるくらいなのに社内の誰も感謝してくれないと評判の『怪人対策部』に？　新人？　悪い冗談はやめてくださいよ」

「全部事実なのがつれーよな……」

伊丹は唇を噛みながら、メガネを直す。

「しかも今、新卒が入ってくるシーズンじゃないでしょう。6月ですよ」

「そこらへんは俺もよくわかってないんだけどな、部署改変のゴタゴタで、配属先がなかなか決まらなかったんだとさ」

「怪しいなあ」

「マジだって！　部長が話しているのを聞いたんだからよ！」

自慢げに言う伊丹である。

「立ち聞きやめましょうよ。機密情報が飛び交う会社なんですよ」

修佑の勤める会社リクトーは、正義のヒーロー・ヒートフレアが所属する企業だ。玩具開発会社から、いつの間にか、正義の組織になってしまった。

部長クラスが話す内容でも、国家機密に匹敵(ひってき)するようなものが多々ある。

「ばっかお前、ブラック会社で生き残るには情報が必須(ひっす)なんだよ」

「それについては同意しますけどね……」

だが、正義の組織だからといって、勤務実態まで真っ当なわけではない。

機密情報を扱う社員は、最低賃金スレスレで、深夜まで働かされる。

特に白羽修佑の所属する『怪人対策部』は、元は敵だった怪人たちの就職斡旋(あっせん)、生活相談を行う部署である。怪人と関(かか)わっているため、人間のほうから冷たい目を向けられることもある。

(……こんなんで機密が守れるのか?)

例(たと)えば——。

修佑の隣に住む女怪人ナディブラが、リクトーの機密情報を欲しがって、大金をぽんと渡して来たら、どうだろう。

額によってはあっさりと話してしまうかもしれない。

(いやいやいや、落ち着け。冷静になれ、ナディブラさんはそんなことしない！)

罪を犯す気はない。コンプライアンスも守る。

しかし、金は人を狂わせるのも事実だ。

「おい、どうした白羽」

いかにも口の軽そうな伊丹が心配してくる。

「いえ、ちょっと、弊社（へいしゃ）のリスクコントロールが心配になりまして……」

「怪人とドンパチやった上、その怪人の面倒（めんどう）を見てる会社に、いまさらリスクもなにもあるかっての」

「まあ、そうですね……」

そしてまさに、怪人の面倒を見ているのは修佑である。

「だからこそ、ですよ。『怪人対策部』に新人なんて来ませんって。ましてや新卒」

「ま、嫌われ部署だからな。ヒーローのオペレーター部は、陽川（ひかわ）さんと仲良くなりたい女子であふれてるっつーのに……」

修佑は、伊丹と共にため息をついた。

大量の書類と、処理すべき案件。いつまでも人員が増えない以上、これを片付けるのは自分の役目である。

書類もヒーローが解決してほしいな、と夢のようなことを考えてしまう。

「ま、期待しないで待ってよーぜ。あ〜あ、カワイイ子入ってこねえかなぁ」

「下心満載じゃないですか」

「お前が羨（うらや）ましいよ、怪人に惚（ほ）れられてて」

伊丹はまったく羨ましくなさそうに言う。

女怪人ナディブラを始め、怪人たちと親交が深いのは事実だ。

特にナディブラとは、価値観の違いを認識するようなことが色々と起きて——今ではすっかり通い妻のポジションに落ち着いている。

——困ったことに。

人間ではない女怪人から向けられる好意を、悪くないと思える修佑なのだった。


「このたび、『怪人対策部』に配属されました、八潮アイと申します。大学では情報工学部で、主にネットワーク上のセキュリティ構築や、ビッグデータ活用、人工知能活用などの分野を学んでいました。皆様、ご指導ご鞭撻のほど、よろしくお願いいたします、ね」

朝礼である。

大体、徹夜明けか帰れても終電なので、部署の社員は目をこすりながら聞いている。そんないつもは形だけの朝礼が、今日ばかりは違った。

「本当に来た……」

思わず小声で呟く修佑。

隣の伊丹がなぜか得意げである。

「憧れのリクトー社に入社できて、とても緊張していますが……精一杯がんばらせていただきます」

八潮アイの表情は硬い。

表情が表に出ないタイプなのか、それとも本人が言うように緊張しているだけなのか。

「あー、ゴホン」

新入社員を連れてきた部長が、太い声で。

「皆も知ってると思うが——現在、リクトー社は、アステロゾーア残党幹部のアルイアを、社を挙げて捜索している。情報分野に強い八潮くんを採用したのも、それが理由だ。彼女が長く勤められるよう、よろしく頼む」

新人が来て嬉しい、とはならないのがブラック企業だ。

人手はいくらでも欲しいが、新人への教育、指導の手すら足りないのが実情である。社員たちの顔が暗いのは、その役が誰に回ってくるかを恐れているからだ。

「あー、部長、ちょっといいスかねぇ」

伊丹が手を挙げる。

「新人ちゃんの教育係は誰が——」

「白羽にやらせる」

当然のように言ってくる部長だった。そんな予感はしていたが。

「いやいや、コイツ新規の案件抱えて、今てんてこまいっすよ!? 海魔女サマが叩きのめしちまった、新しい怪人の仕事先探して、毎日毎日……!」

「ナディブラの失踪事件でアルイアの動向がわずかなりとも知れたから、陽川さんを始め、社を挙げてアルイアを捜索しているだろう。その責任もある。新人教育まで含めて、自分で増やした仕事だとは思わんか、白羽ぁ」

「クソ上司……」

「聞こえてるぞ伊丹」

場の空気が一気に悪くなる。新卒の社員がいるのにこんなにぎすぎすした雰囲気では良くないと修佑は思う。

というかいつもこんな状態だから新卒が辞めるのである。

「伊丹さん、ありがとうございます。でも僕が教えますので」

「はぁ!?　マジで言ってんのか!?」

「もちろんです。ああ、八潮さん、よろしくお願いしますね」

なるべく威圧感のないよう、修佑は笑いかけた。

仕事は厳しいが、いつか八潮アイが育ってくれれば、助かるのは修佑のほうだ。今のうちから手をかけるに越したことはない。

それに伊丹もなんだかんだと面倒見がいいので、教育を手伝ってくれることだろう。

「入社三年目の白羽修佑といいます。よろしくお願いします」

「こちらこそよろしくお願いし、ます。白羽先輩」

差し出した手に、握手を返す八潮アイ。

表情は硬いが、真面目そうないい子だと思えた。すぐに辞めてしまわぬように、自分がきちんとしなければ。

そういえば、人間の女性と話すのは随分久しぶりだ。ナディブラが三食作ってくれるので、コンビニやスーパーの店員とさえ話す機会がない。社内でも主に話すのは伊丹と部長くらいである。

「……知らねぇぞ、俺は」

伊丹はそう言って頭をかくが、彼もまた修佑や八潮アイの心配をしているだけだ。その心づかいが修佑にはありがたかった。

「では朝礼を終わる。ああ、白羽、今日までに出す書類がまだだぞ」

「……そうでした。これからやります」

腹が立つのは『丸く収まった、俺のおかげだ』とばかりにふんぞり返っている部長に対してだけであった。

修佑は、早速、八潮アイに仕事を教える。

彼女の席は、当然、修佑の隣になった。今までいた男性職員にデスクを移動してもらい、まっさらなデスクに座る八潮アイは、いかにも新入社員という感じだったが――。

しかし、八潮アイは覚えが早かった。

元々、優秀な人材なのがわかる。どんなことでも、一度聞いてしまえば即座に覚える。修佑よりよほど頭の回転が速い。

情報工学の分野に精通しているというだけあって、社内で使うソフトウェアもすぐに習得していく。思った以上に修佑の仕事が少ない。

（あ、あっさり進んでいく……）

激務を覚悟していた修佑だが、自分の仕事をする余裕さえあった。とりあえず一通り教えたうえで、修佑は、八潮アイに怪人たちのデータベースを見せていた。

アステロゾーアの怪人たちは皆、人に擬態している。怪人態と、人間の姿。両方の写真付きの怪人たちの履歴書を、八潮アイはじいいっと見つめながら頭に入れていく。

優秀な新人だ。

期待が膨らむとともに、修佑の頭によぎるのは。

こんな人材を、リクトーの『怪人対策部』などで働かせていいのか？　ということだ。

（辞めなければいいけど……）

ブラック企業特有の激務、サービス残業、低賃金、上司の理不尽などなど。

修佑にとっては慣れていることでも、新人にとっては衝撃的な事実の連続かもしれない。優秀であればあるほど、もっとちゃんとした企業に行ってほしいという気持ちが生まれる。

（新人が優秀なのはいいことなのに！）

修佑の懊悩を知ってか知らずか。

八潮アイは相変わらず、心中の読めない顔でモニタを追っていた。

「白羽先輩」

ふと、名前を呼ばれる。

「あっ、は、はい、どうしましたか」

そういえば先輩と呼ばれることが少なく、一瞬自分が呼ばれていると気づかなかった。

「このリストには、アルイアの情報がないようです、が」

「ああ、それはあくまで、リクトーが保護している怪人のリストなので……保護下にない首領イデア、幹部のジャオロン、アルイアなどのリストはないんです」

「そうでしたか――私、アルイア対策のためにここに配属されたので、できればアルイアについても知っておきたいんです……が」

「そうでしたね。今、リクトーが持っているアルイアの情報を送ります」

すぐにデータベースのファイルを共有する。

「よければ詳しく説明しますよ」

「お願いします、先輩」

先輩と呼ばれるのがくすぐったい。

「元アステロゾーアの幹部、情報集積体アルイア――正式な名前もなく、肉体を持つ生物でもない。電子ネットワーク上にのみ存在する生命体と言われています。アステロゾーア怪人の中でも、最も既存の生物学からかけ離れた怪人です」

八潮アイは無表情で聞いている。その顔からは、理解しているのか否かの判別もしづらい。

また問われれば答えればいいと思い、修佑はとりあえず続ける。

「アステロゾーアでも、この存在に対する正式な呼び名はなかったそうですが、リクトーはこれをArtificial Life of Information Assemblies――直訳すれば『情報集積電子生命体』。頭文字をとってアルイアと名付けました」

「やや英語の文法に無理がある気がするのです、が」

「それは――ええと、社長の一存で決定したので……」

修佑は言葉を濁す。

重要な敵のコードネームをそんなノリで決めていいのかはわからないが、いつの間にかこの呼び名が定着している。

ナディブラやミズクも、いつの間にかこの存在をアルイアと呼んでいた。やはり名前がないというのは不便だったらしい。

「と、とにかく、アルイアはリクトーの監視下にありません。しかも先日、意図は不明ながらも、同じく元幹部であるナディブラを追跡していることが判明しました。ナディブラはこの経緯により、一時リクトーの監視を離れています」

　自分で言いながら、白々しいなと修佑は思う。

　なにしろナディブラが監視を抜けだしたのは、修佑のせいである。

　修佑との、いわば痴話喧嘩が原因で、ナディブラは一時、自棄になって出奔した。どこかにいるはずのアルイアは関与していない。

　リクトーの会議で、ナディブラが逃げ出した理由を強引にアルイアのせいにしたので、公にはアルイアの責任となっている。真実は修佑とナディブラ、一部の怪人しか知らない。

　アルイアにとっては濡れ衣である。しかもそのせいで、リクトーはアルイアを捜索することに注力し始めた。八潮アイが配属されたのもそれが理由だろう。

（どこかにいるはずのアルイアさん、ごめんなさい……！）

　修佑は、まだ見ぬ怪人に内心で謝る。

　とはいえ、怪人を放置するわけにもいかないので、捜すこと自体は普通なのだが。

「アルイアは電子生命体なので、インターネットや電子機器に様々な影響を及ぼすことが予想されます。リクトーはこれを危惧し、現在、アルイアのための捜索網を広げています。まあ、アルイアの危険性は――おそらく八潮さんのほうが詳しいと思いますが」

「はい。サイバーテロによる公的機関の麻痺。デマ拡散による混乱。あるいはもっと単純に、大規模範囲の停電、インフラ機能停止などが考えられ、ます」

「……さすがですね」

アステロゾーアの怪人は、基本的には暴力でもってヒートフレアに対抗した。持ち前の筋力、角、牙、あるいは毒などなど。

アルイアがヒートフレアと交戦した記録はないが、もし戦っていたらどうなっていただろうか。実体のない電子生命体と、どう戦うのか、修佑には想像もつかないが――。

「実際、どうなんだ？」

想像をめぐらせていると、修佑の左席から、伊丹が声をかけてくる。

「俺ぁ、電子生命体ってのがいまいち想像つかねーんだけど……ホントにそんな存在がいるのかね？」

「私が大学で学んだことからの類推でよければ、お答えできます、が」

「おお、聞かせてくれ」

伊丹が身を乗り出した。修佑も興味がある。

「例えば、ＡＩ……人工知能は学習します。外から知識――情報を集め、ＡＩなりに再構築し、また出力するというふるまいです。要するに、ＡＩは新たな入力をされ続ける限り、成長し続け、永遠に今までとは違う結果を出力し続ける……と考えられ、ます」

「ふむふむ」

「もし、仮にですが――ＡＩが自分から大量の情報を求めていったらどうでしょう、か。外部からの入力ではなく、自発的に情報を集め、咀嚼する。文字通り、電子情報を食べていき、成長し続ける。人間の多彩な思考を全てトレースするほどの情報を得たとしたら……」

八潮アイが淡々とイメージを語る。

修佑はごくりと唾を飲んだ。

「ネットワークにほぼ無尽蔵に転がっている情報を、『食べて』『咀嚼して』『自分の身体にする』。そんなＡＩがいたとしたら……それは生物の新陳代謝とよく似ているように思い、ます。そんなＡＩが、膨大な時間をかけて学習したら、あるいは生命体のようになるかもしれません、ね」

ただし、と八潮アイは肩をすくめた。

そんな仕草をするのか、と修佑は驚く。鉄面皮かと思えば、ユーモアも持っているらしい。

「現状、自発的に思考したり、行動するＡＩは存在しません。どんなに自由に見えるＡＩも、プログラムに従った入出力を繰り返しているだけ、です。もし、アルイアが他の人工知能と違うとしたら、その点でしょう、ね」

「自分の意思か……まあでも、考えてみりゃアルイアだって怪人の一人なんだから、自分の意思はあるわな。どこでそんなのが生まれたんだか」

「私も専門的に学んだ分野ですので、アルイアに興味があり、ます。可能なら本人に話を聞いてみたい、です」

「ははっ、白羽が担当したら、いつか話も聞けるだろうさ」

電子生命の怪人。

どんな存在なのだろう。リクトーでもほとんど情報を握っていない。

とはいえ、ナディブラやミズクといった他の幹部たちを思えば、決して相容れない存在ではないのだろうが――。

「ところで白羽先輩。別の質問、が」

「あっ、は、はい、なんでしょう」

八潮は、画面上の怪人データベースを指して。

「こちらの怪人――海魔女ナディブラの現住所が、白羽先輩と同じアパートになっていますが、これはなにかの誤入力でしょう、か？」

「え、ええ……っと、それは、ですね……」

なんと説明すればいいのか。

ナディブラに惚れられ、通い妻をしてもらっている――と、新人に正直に説明していいものか。

事情を知る伊丹が、くっくと声をおさえて笑っている。

「？」

先輩二人の態度の意味がよくわからず、八潮アイが小首をかしげるのだった。

「――なんていうことが、ありまして」

修佑は自宅で、リクトーの新人について話す。

会社であったことを気兼ねなく話せる人がいる――誰もいないアパートに帰るだけだった日々からは考えられないことだ。

「ナディブラさんのことも話してしまいました」

「まあ、どこまでですか？　私がシュウさんを大大だ〜い好きで、毎日お世話するためにお部屋に通い詰めていることまで？」

「ええ、まあ――一通りは」

「ふふ、そのとき新人さんがどんな顔をしたのか見てみたいですね」

ナディブラは、修佑の頭上でくすくすと笑う。

八潮アイは、ナディブラが修佑の家へ通っていることを聞いても、「そうだったのですか」と頷くだけで、特に反応を見せなかった。疑問が解消すればそれでいいらしい。

新人とのコミュニケーションは今後の課題になりそうだが、それはともかく。

「でも、私は構いませんよ。だって全て事実ですから、ね？　シュウさん」

「そう、ですね――」

「今こうして、ナディブラに膝枕されていることも、教えてあげていいんですよ」

「そこまではさすがにちょっと……」

修佑の頭は、ナディブラの膝の上に乗っていた。

頭上からナディブラが、じっと修佑の顔を覗き込んでくる。

感情豊かなナディブラであるが、その顔は人工的なバイザーに覆われており、目も鼻も確認できない。八潮アイとは別の意味で、こちらもまた『表情が読めない』。

とはいえ、修佑も付き合いは長い。

顔からではなく、声音や態度から感情を判断するのは難しくなかった。

「ふふ、よしよし、今日もお仕事、お疲れ様でした」

ナディブラが修佑の頭を撫でる。

今日も終電で帰ると、ナディブラが夕食の準備をしていた。それはいいのだが――食後にナディブラの強い希望があった。

膝枕をしたい。

するまでは絶対に帰らない、と。

そこまで言われては修佑も断るわけにもいかず、ナディブラの膝に頭を乗せている。彼女の、人間とは違う色の太ももは、ひんやりと冷たく、疲れた脳を心地よくクールダウンさせてくれる。

そんな状況で、修佑は、今日一日、職場であったことを話しているのだった。

（……よく考えれば、リクトーの内情を、こんなにナディブラさんに話していいのかな）

機密漏洩、の四文字が頭に浮かぶ。

とはいえ今更な気もするし、なにより社内の機密事項を話しているわけではない。あくまでも今日来た新人の話。

他愛のない世間話だ、と自分で納得する修佑。

ナディブラのことを、女怪人ではなく、親しい隣人かつ通い妻としか認識しなくなっていることに、修佑は気づいていなかった。

彼女との交流が日常になりつつある証拠であった。

「ところでシュウさん、聞きたいんですけど」

「はい」

「その新人ちゃんは、美人でしたか？　ああ、もちろん人間基準で結構ですよ」

普通の会話には絶対にありえない補足がついたが。

ナディブラは修佑に尋ねる。気のせいか、頭を撫でる手にわずかながら圧がこもっている感じがする。

「美人か――と言われると、そうですね、美人なほうだったと思いますが」

修佑はそんな圧に注意を払わず、何気なく答える。

修佑にとっては世間話の範疇だったので、この回答にも深い意味はなかったのだが――。

「……そうですか」

修佑がそれを失言だったと気づいたのは。

ナディブラがその全身から、金色のケーブルのような触手（しょくしゅ）を、うねうねと伸ばし始めたからだった。

触手の先端からは、粘液（ねんえき）のような液体が染（し）みだしている。

ナディブラは海洋生物の特徴を多く持つ怪人である。

時に毒を操（あやつ）り、電気を用い、時には自分を水と一体化させるようなことまでしてしまう。この世界の生物とは一線を画（かく）す存在であった。

電子生命体アルイアもそうだが、ナディブラもまた、生物としては十分異様な怪人であるのだが――。

最近の修佑は、そのことを忘れがちである。なにしろ日常で最も多く会話して、親しく接しているのがナディブラなのだから。

「ねえ、シュウさん」

「は、はい……？」

「昼間のワイドショーでやってたんですけど……男女問わず、職場での不倫（ふりん）が多いって話、本当ですか……？」

「仕事中になに見てるんですか――」

「弊社、割と自由なので」

外資系企業で、修佑の何倍もの年収を稼ぐナディブラがしれっと言う。

ホワイト企業は、リクトーとはずいぶん労働環境が違うようだった。

「あ、あの、なにか勘違いをなさっているような……八潮さんとはそういう関係では」

「これから男女の関係になる可能性は？」

「いやいや待ってください。本当に今日初めて会った後輩なんですから」

いきなりナディブラから強烈な感情を向けられて、修佑は戸惑う。ナディブラがこれまで、修佑個人の人間関係を気にしたことはほとんどなかった。

怪人関係であれば、同格のミズクにやや嫉妬を見せたりはしたが。

「どうか落ち着いてくださいね。あの、ナディブラさんが怒るようなことはなにも――」

「なにもしてないんですよね。わかっています」

「それなら……」

「わかっていても、不安です」

ナディブラが、触手を動かす。

「今までは――シュウさんは私の内臓になるんだから、別にどうでも良かったんです。だってそうでしょう？　内臓が誰と話しても、どんな関係になっても気にならないです。だって、最後は私の身体で一つになるんですから」

「は、はあ、まあ……そうですね」

あまり同意したくないが、今までのナディブラは。

恋愛感情の一環として、修佑との『同化』を狙っていた。アンコウのようにメスがオスをとりこんで、一つの生命になるのだ。アンコウの場合、オスがメスに噛みついて、最終的に精子を作り出すための一器官に成り下がる。

だが。

いくつかの騒動を経て、ナディブラは修佑のことを『自分と同化しない対等な存在』だと理解してくれた。

「同化は諦めました。でも、そしたら急に、シュウさんのなにもかもが気になってしまって」

「なにも、かも……ですか?」

「今なにしているだろう。なにを考えているだろう。なにを食べているだろう。誰と話しているだろう。どんな顔をしているだろう。私以外の女性と話してはいないだろうか。そんなことばかり、気にかかるようになってしまって」

言葉の一つ一つが重い。

これまで、ナディブラは白羽修佑の人格に対してあまり興味がなかった。同化する内臓だとばかり思っていたから、気にしなかったのだ。

それが変わった。

対等な関係になるには良い変化なのだろうが――あまりにも重量級の感情だ。

「これは人間の言う、嫉妬ですよね」

じゅるり、触手から毒々しい粘液があふれる。

「内臓になる確約がないから――シュウさんが私のものである証明がどこにもなくて、不安なんです。人間はこんな不安定な関係を、愛情だの友情だのと言ってるんですか?」

「はは……実は、そうなんですよ。人間の関係性って、不確かなんです」

「信じられません。私、不安で押しつぶされそうなのに」

ナディブラが、修佑の頰(ほお)を撫でる。

彼女の指はひんやりと冷たい。

「物理的な同化が一番、愛を知れるのに――だから人間の精神は脆弱(ぜいじゃく)なんですね」

「そうかもしれませんね。肉体がつながってしまえば、愛情も疑う必要がありませんから」

「また一つ勉強になりました」

ナディブラはうんうんと頷いて。

「――というわけで、今の私は嫉妬の鬼と化してます。具体的に言うと職場の女性の話をされて感情がヤバいです」

「れ、冷静に自己分析(ぶんせき)しないでください……」

これは成長なのだろうか。

嫉妬とともにナディブラの触手が修佑に向けられるなら、むしろ危険度は跳ね上がるのではないか。

「とはいえ、私にはなにもできませんけど――シュウさんが悪いことをしたわけではないです
し。むしろお仕事、お疲れ様です」

「い、いえ……」

「なので疲れを癒やすために、薬剤注入をしますね♪」

明るい声音とともに、触手の先端から針のようなものが現れる。

「い、いや、それ大丈夫な薬――」

「もちろんです。シュウさん用に、私の体内で成分を調整してますので、疲れもポンッとなく
なりますよ♪　さあさあ、遠慮せずに」

「いやちょっと待ってください……！」

慌てて逃げようとするが、すでに触手が修佑の手足に絡まっていた。

逃げられないことを悟り、全てを受け入れようと心に決める修佑。

「さあ、シュウさんに、私の愛を刻み込んであげますね――」

ぶすりと、背中に針が刺さる感触。

不思議なことに、刺された感触はあるのに、痛みはまったくなかった。視界が白く染まって
いく。

その夜、修佑にそれ以降の記憶はないのだった。

（……体が軽い）

そんなことがあったものの。

ナディブラの薬の効果は抜群（ばつぐん）だったらしく、疲れが嘘（うそ）のようにとれていた。この一週間、いつも通りの激務にもかかわらず、疲れにくくなっている。

ナディブラは嫉妬してくれたが。

むしろ修佑のほうが、ナディブラなしの生活は考えられなくなっていた。

彼女が日々の生活を助けてくれるのがどれだけありがたいか、身に染みてわかっている。

「白羽先輩」

などと通い妻に感謝していると、隣席から声が。

「頼まれていたデータの整理、終わりました、よ」

「え、も、もうですか」

「はい。マクロで処理しましたので。ミスはないと思いますがご確認ください、ね」

負担が減ったのはナディブラのおかげだけではない。

八潮アイは入社一週間とは思えないほどに優秀であり、すでに修佑の仕事をいくつか頼めるほどになっていた。

表情こそクールだし、口調にはまだ固いところが残る。だが不愛想なわけではないし、他の社員とのコミュニケーションも円滑なようだ。信じられないほど優秀かつフレッシュな後輩は、すでに『怪人対策部』の潤滑油として機能している。

ブラック企業にはもったいないほどの人員であった。

（やめないでほしいな……）

修佑は切に願う一方で、こんな安月給の会社にいることは八潮アイのためにならないのではとも思う。

「他にやっておくことはあります、か？」

「そうですね……ええと、頼めるぶんはあらかた頼んでしまったので……」

「承知しました。では、私はアルイア捜索計画の提案書を作っています、ね」

「……それは、部長に言われた仕事ですか？　リクトー社の重要計画策定まで？」

「はい。部長から『採用はされないと思うが、議論のたたき台になるだろうから作ってくれ』と言われました。私もアルイアに興味がありますし、やりがいのある仕事だと思い、ます」

「――負担になったら言ってくださいね」

「？」

八潮は小首をかしげた。辛いとは思っていないらしい。

明らかに新人に振る仕事ではないのだが、リクトーでは新人にだってガンガン無茶振りがされる。ブラック企業たるゆえんだ。

パワハラ。人手不足。即戦力への期待と重圧。

様々な言葉が頭をよぎる修佑だった。

「新人ちゃん、困ったことがあったら俺も頼ってくれよ」

「伊丹さん。ありがとうございます。また快適な休憩スポットを教えてください、ね」

「任せろ！」

伊丹が声をあげて笑う。部長が睨んでいるが伊丹は気にしない。

労働環境が目に見えて改善されているのを感じて、修佑はほっとする。こんな平穏な日が続いてくれれば——そして、給料が上がれば、もっと良いのだが——。

「失礼します！」

そんな『怪人対策部』のオフィスで、からっとした爽やかな声が響いた。

この声を聞いて、背筋が冷たくなったのはおそらく修佑だけだろう。

「ひ、陽川さん!?」

いや、もう一人いた。冷や汗をかいている部長だ。

部長が立ち上がり、突然の来客を出迎える。

「どうしてここに——言ってくだされればお迎えにあがりましたのに」

「いえ、お忙しい部長のお手をわずらわせたくなかったので」

陽川煉磁。

悪の組織アステロゾーアを壊滅させた、リクトーのヒーロー。

彼はオフィスに入り、美しい足取りで向かってくる。修佑のデスクに。

（え、僕？）

陽川の目はまっすぐに修佑を捉えていた。隣にはメガネをかけた女性を連れている。修佑の知らない社員だ。用件はまったくわからないが——。

「やあ、白羽くん。久しぶりだね」

「お、お久しぶり、です……」

「突然すまない。怪人対策部に新人が入ったらしいね。君が教育してるとも聞いているよ」

「あ、は、はい……」

修佑が呆然としていると、八潮アイが立ち上がる。

「初めまして。このたび入社しました、八潮アイと申し、ます」

「俺は陽川煉磁、ヒーローをやってる。よろしく頼むよ」

胸を張ってヒーローを名乗れるのは彼くらいだろうな、と修佑は思う。

自分だったら絶対に無理だ。

「すでにアルイア捜索にリクトーが全力を挙げているのは知ってると思うけど——八潮さんがネットに強いと聞いてね。一度挨拶に来たかったんだ」

「そうでしたか」

修佑はほっとする。

またもや怪人関係でなにかあったのかと思った。ナディブラやミズクといった担当怪人になにかあれば、ヒートフレアは動くし、その場合、修佑にも話を聞きに来るだろう。

「俺は、機械については全く無知だからね。新しい仲間は、本当に心強い。機械のことは、こちらの雨澤さんに色々教えてもらっている」

「どうも。リクトー社の要請で、ＩＴ会社より出向してまいりました雨澤と申します」

メガネの女性——雨澤が一礼した。

下げている名札には、『アルイア案件管理者』とあった。ネットワーク上にのみ存在するアルイアを見つけ出すためには、ＩＴの力が必要なのだろう。

「陽川様は、およそ現代人としては信じがたいほどに、情報機器に疎くていらっしゃいますので……アルイア対策のことは、私に言いつけていただければ」

「やだな、やめてくれよ雨澤さん。俺だってさすがにスマホは使えるよ」

「……ハードウェアとソフトウェアの違いについて以前お教えしましたが、覚えていらっしゃいますか？」

「もちろん。機械には硬度があるとは知らなかったよ。俺の剣で斬れるかな？」

「……はあ」

真顔ですっとぼけたことを言う陽川に、雨澤がため息をついた。

美男子の陽川と、それに負けず劣らずの美女である雨澤が、目の前でコントのような会話をしている。修佑は唖然として見守ることしかできない。

「とまあ、肝心のヒーローがこの状況ですので……白羽様、八潮様、アルイア対策でなにかあれば私までご連絡ください」

「ありがとうございます」

修佑は一礼する。

陽川の来訪には驚いたが、どうやらこれは顔合わせだったらしい。

雨澤と手早く名刺交換を済ませる。なぜか陽川が満足げにうんうんと頷いている。

「そういえば、陽川さんとは名刺交換していませんでしたね」

「俺、名刺持ってないんだ。みんな俺の顔と名前を知ってるからね」

「はあ」

連日のように、陽川の活躍が報道されている時期もあった。

ブランドのスーツを身に着けているが、やっていることはビジネスマンというより芸能人なのだろう。

「そうだ。陽川さん、雨澤さん。私は今、アルイア捜索のプランを作っているのです、が」

「へえ、すごいじゃないか！」

八潮の言葉に、陽川が声をあげる。

「あとで見ていただけます、か？」

「わかった。雨澤さん、チェックしておいてもらえる？」

「承知しました」

話がガンガン進んでいく。新入社員が、社の顔である陽川と当たり前のように話していることに、部内の皆が驚いていた。

さして考えもなく振った仕事で、新人と陽川がコンタクトをとっている様子を、部長がおろおろしながら見守っている。

「いいね、いいね、この調子ならアルイアを捕らえるのも時間の問題だ。すごい新人じゃないか、白羽くんが教えたのかい？」

「い、いえ、僕はなにも——」

「やはり僕の目は間違ってなかった。君はとても信頼できる仲間だ」

八潮アイがすごいだけだ。修佑は何もしていない。

しかしながら、新人がこれだけできることについて、陽川からの評価が上がっていくのを感じた。陽川が輝くような笑顔を修佑に向ける。

「よし、雨澤さん、また来よう。アルイア対応、彼らとも綿密に打ち合わせしなくちゃ」

「了解しました。スケジュールは手配します」

雨澤はすっかり陽川の秘書のようである。

「また連絡するし、また来るよ。白羽くん、八潮さん、今度一緒にじっくりと話そうじゃないか！」

まるで友達のように、陽川が修佑の肩を組んでくる。

修佑は、「は、はあ……」とあいまいな返事しか返せない。なにもしていないのに、社内のエースからの評判がガンガン上がっている。

「陽川様、そろそろ」

「ああ、そうか。ＣＥＯと話があったな。慌ただしくてごめんね、それじゃあ！」

朗らかに手を振って、陽川がオフィスを出ていく。去る直前まで、修佑に対して熱烈に手を振っていた。

気に入られてしまった。

怪人たちが警戒するヒーロー・ヒートフレアに。

「愉快な方でした、ね」

八潮が平然と告げる。リクトー社に入ったからには、陽川への憧れもあって当然なのだが、そんな様子は見受けられない。

「白羽先輩、汗をかいてらっしゃいます、が……？」

「い、いや、はは……」

後輩に心配され、修佑は額の汗をぬぐった。

修佑だけではない。陽川の嵐のようなふるまいに、オフィスにいた全員が唖然としている。

特に、肩を抱かれてしまった修佑は。

「……お前、なにしたの？　陽川さんに気に入られるなんて」

「ただの新人教育――しか、してないんですけどね」

修佑は伊丹に対しても、あいまいに笑うしかない。

嫌がらせのつもりで修佑の新人教育を押しつけた部長だけが、面白くなさそうな顔で頬杖をつくのであった。


リクトーでは、時折泊まりの仕事が発生する。

その日、修佑は怪人たちの様子を見に、あちこちの職場へ出向いていた。この外回りが予想以上に時間がかかり――結果、書類仕事が溜まってしまった。

今日中に制作しなければならない資料もあり、修佑は会社泊まりを決意。

とはいえ、疲れている頭では仕事にならないので、一度仮眠をとることにした。

上等なベッドがあるわけではない。修佑は仮眠室の端に毛布を敷いて転がる。

そうしてわずかな休息をとり、目が覚めれば深夜だった。

「ああ……」

寝すぎたとは思わなかった。

どうせ帰れないのだから自分のタイミングで仕事をすればいい。

携帯を見れば、ナディブラから心配のメッセージが届いている。会社に泊まることは伝えていたのだが、なお心配なのだろう。

「大丈夫、休めています――と」

簡潔にメッセージを返して、仮眠室を出る。

栄養ドリンクでも買って、気合いを入れてから仕事に臨むか――と思ったとき。

「ん……？」

自分のオフィスへ続く通路が、いやに静かなことに気づく。

ブラック企業のリクトーでは、たとえ深夜でも、いつもどこかで人の気配がある。部署が違っても、自分のように泊まって仕事をしている社員がいるのだ。

だが今日に限っては。

まるで人の気配がなかった。残業している社員は自分以外にいないのだろうか。

（いやいや、落ち着け、僕。それが普通だろう……）

自分が知らないうちに、ノー残業デーでも作られたのか。

そうだとしても、修佑は泊まらざるを得ないから関係ないと思いつつ――でもやっぱり虚しさを覚えながら、自分のオフィスへと戻る。

そこは、明るかった。

「え」

修佑は目を剝く。

照明の明かりではない。ネオングリーンの光が、室内を満たしていた。およそオフィスに似つかわしくない光に、修佑の頭は一気に覚醒する。

発光源は、修佑のデスクだった。

そこに座る何者かが、およそ生物から出ているとは思えない光を発していた。

「――――おや」

振り向く。

女性――のように見えた。

頭部には、ＶＲ機器のような大型のバイザーを身に着けている。そのデバイスから飛び出した無数のケーブルが方々に広がり、オフィス中のパソコンに接続されていた。バイザーの中心にはセンサーらしき巨大なカメラがあり、さながら一つ目の怪人のようにも見える。

怪人。

そう、女怪人だ。

「あ、アステロゾーア……!?」

修佑は思わず叫ぶ。

ACCESS GRANTED

怪人は、首から下は黒いインナースーツのようなものを身に着けている。そのスーツに、無数の文字が浮かびあがり、発光していたのだ。ネオングリーンの文字はまぶしく、幾何学模様のようで、一つ一つを読み取ることは難しいが——。

それはPCに表示される、プログラミング言語のような文字列にも見えた。

「おかしいです、ね。今日は誰も残業しないように、上手く立ち回ったつもりだったのです……が」

「あなたは——」

声に覚えがある。

最近よく聞く声——そう、新入社員の八潮アイだ。

バイザーと、発光する身体のせいで、彼女の面影はまったくないが、声だけで彼女だとわかった。

「はあ。止むを得ません、ね」

ケーブルがうねる。

オフィス中のケーブルが、まるでヘビの大群のように、その先端を修佑へと向けた。

ばちばちばち、とネオングリーンの火花が輝く。

(なんだ……これは)

もちろん、ただのオフィスの機械に、そんな機能はない。

機械類を操作し、修佑への威嚇を指揮しているのは、目の前の怪人だとしか思えない。

「では、お疲れ様でした、先輩」

八潮アイの声を出す怪人が一礼する。

「ご指導、たいへん勉強になりました。先輩が高電圧で灰になっても、私はご指導を忘れずに働いてまいります、ね」

「！」

修佑は、ああ、死んだ――と直感した。

彼女は修佑を殺すのに一切のためらいもない。怪人たちの倫理観、死生観は人間のそれとは違う。親しいものでも利害によってあっさり殺すこともできると、修佑は知っている。

彼女が、最近入社したばかりの、仕事熱心な後輩であることは事実のようだが――。

それはそれとして、この場に遭遇し――アステロゾーア怪人が、リクトー社でなにかをしている事実を知ってしまった自分は、殺される。

（なにか――なにかを――）

せめてナディブラか、誰かに。なにか伝えられるか。なにか残せるか。

死ぬ前に。

（ああ、ダメだ）

しかし考えている間に、火花をまとったケーブルが修佑へと飛来する。

このまま何もできずに終わる――そう修佑が諦めた瞬間だった。

「まあまあまあ、ちょい待ちじゃ」

ふわっと、なにかがケーブルを遮った。

それは、金色の毛玉のように見えた。毛玉はケーブルの電撃を一身に浴びる。

電撃を受けて毛が激しく逆立ち、わずかに肉の焼ける異臭さえしてくるが――毛玉はそれでもふよふよと浮いている。

「……ミズクさん？」

金色の毛並みに、見覚えがあった。ミズクの尻尾である。

「ほほう、分体の尻尾だけでわしを見抜くか。愛いヤツめ、好きぴにしちゃるぞ」

「なにを――してるんですか？」

「マジ忘れか？　お主らになにかあった時のために、尻尾で監視をしとると言ったじゃろ」

毛玉がふよふよと左右に揺れてしゃべる。

「――狐巫女ミズクです、か。なにをしているのです？」

「そりゃこっちのセリフじゃ、アルイア。ようもリクトーにまで忍びこんだのう。その手腕は認めるが、シュウを殺すのは得策ではないぞ」

アルイア。

リクトーが今、最優先で捜している組織幹部。電子生命体。それが――八潮アイだったということなのか。

混乱している間にも、女幹部たちの話が進む。

「コイツを殺せば、まあまあな数の怪人が怒るぞ。もちろんわしも、そしてコイツにガチ惚れしとるナディブラもな」

「――しかし、ヒートフレアに知られては」

「損得勘定は得意じゃろ電子生命。この国、殺人のリスクはトンデモじゃぞ」

電子音が響く。

頭部のデバイスから、作動音らしきものが響く。皮膚に浮かぶ蛍光色の文字も、目まぐるしくその表示を変えていく。

なんらかの情報を処理するコンピューターのようにしか見えない。

「ちなみに、今、マジギレ中のナディブラと、わし本体がそっちに向かっとるからな」

「――了解しました。計画を修正します、ね」

キュィィイン、と、またも動作音が響く。

ケーブルたちが元あった場所へと戻っていく。八潮アイのインナーに浮かんでいた文字たちも消え、深夜のオフィスに戻っていく。

「失礼しました。白羽先輩。もう私に敵意はありません、よ」

「そう――言われましても」

がちゃり、と八潮アイがバイザーを外した。

その下にあったのは、修佑も見知った八潮アイの顔だ。彼女が、電子生命アルイアなのだというなら、実態をもたない情報集積体という話と食い違ってくる。

「僕はまだ信頼できません。あなたのことを、なにも知らない」

修佑は警戒を続けていた。

「あなたは——誰なんですか？　アルイア？　八潮アイというのは、偽名？　それに、今、このオフィスでなにを」

「はい、聞きたいことは山ほどあるかと思います、が」

八潮アイは顔色一つ変えない。

その平然とした態度は、オフィスで見ていた彼女の姿と変わらない。

「とりあえず、海魔女ナディブラに怒られるのが、めっ…………ちゃ怖いので、彼女のいるところで話してもよろしいです、か？」

「え？　あ、はい？」

「超怖い」

全然怖くなさそうに、八潮アイが言う。

「——とりま、シュウの家に行くがよかろう。わしの本体もすぐ合流する。ああ、帰り道は安心せい。この尻尾が見張っとるからの」

「あの、僕、まだ仕事が――」

「マジで言うとんのか？　死ぬとこだったんじゃぞ？」

呆れ半分に尻尾が告げる。

「――ああ、先輩の残した書類でしたら、先ほどオフィスのＰＣを乗っ取った際に、処理しておきました、よ。ご心配なく」

「え」

「優秀な後輩です。褒めてもいいです、よ。どやぁ」

胸を張る八潮アイ。

スーツ姿の時はわからなかったが、今は体のラインがでる黒いインナーをまとっている。そのせいか、彼女のスタイルの良さがよくわかった。

殺されかけたにもかかわらず、仕事が減っているせいで、言われるままに彼女を褒めそうになる。

（これがブラック企業か――）

よく考えれば、命の危機は怪人がいなくとも日常茶飯事だった。であれば書類を片付けてくれるほうがありがたい。

「お主、なに考えとるか知らんが、マジありえんてぃじゃからな」

金色の尻尾が、ゆらゆら揺れながら修佑に近づく。

顔も口もないのに、なんだかミズクの呆れた顔が見えるような気がするのだった。

そうして、修佑は自宅に戻る。

「お帰りなさい、シュウさん——と」

出迎えたナディブラは。

「アルイアちゃん。お久しぶりですねえ。まさかシュウさんと職場から帰ってくるなんて、思いませんでしたよ」

「ナディブラ」

「カワイイ女の子の身体ですね。0と1の集積体が、なんでそんな肉体を持っているんでしょうね。ねえ、シュウさん」

同意を求められても困る。言葉にトゲしかない。

「ナディブラこそ、よもや人間の通い妻をしているとは思いませんでした。白羽先輩にゾッコンというヤツです、ね。人間社会をよく学んでいるようで」

「……先輩。先輩ですかぁ。なんでいつの間に女怪人を後輩にしてるんですかあシュウさん」

こっちが聞きたい。

同じ組織の女幹部同士のはずなのに、すでに険悪なのが意味がわからない。

「ええい、ケンカするなお主ら！　事情を聴く前から殺し合いなどマジ勘弁(かんべん)なんじゃが！」

ミズクが声をあげて、一旦、二人の睨み合いも大人しくなる。

とにかくナディブラが怒っていることだけは伝わってくる。修佑が殺されかけたからか、それとも先日言っていた嫉妬心からなのか。

「まあいい、早く座らぬか」

家主をさしおいて、ミズクが言う。

ソファに座ると、当たり前のようにナディブラが修佑の隣に腰かけた。その反対側にはミズク。

完全に美女に挟まれ、修佑は身動きが取れなくなる。

「あの……何故こんなふうに」

「またアルイアがお主を狙わんとも限らんからな」

「そうですねえ。オフィスでの出来事は、ばっちり聞かせていただきましたから。シュウさんに危害を加えるなら、即刻追い出しますよ」

護衛ということらしい。

アルイアのほうも特に不満はないらしく、テーブルを挟んだ修佑の対面にちょこんと座る。

「アルイア様、お茶です！」

どん、とテーブルにお茶を置いたのは、ナディブラの妹分の海那椎――シースネークゾーアだった。

乱暴な置き方だったのでお茶がこぼれているが椎は気にしない。

「しかし――なんかピカピカ光る球体だったアルイア様が……なぜこのように……」

「椎ちゃん、あまり近づいちゃダメですよ」

「はい！」

ナディブラの命令に素直に従い、そそくさと部屋を出ていく。

自分のいないうちに、自宅が怪人たちのたまり場になっている――いや、そう仕向けたのは自分なのだが、なんだか複雑な気分の修佑であった。

「シースネークまで――付き合う女性のバリエーション豊かなのです、ね、先輩は」

「はは、両手に花ということで、お主の入るスペースは、えー……1びっと？　もないっちゅうことじゃな。大人しく、シュウに近づいた理由を話せ」

ミズクがなぜかもふもふと尻尾を押しつけてくる。

「なるほど。理解しました。白羽修佑先輩は、我ら怪人残党にとって重要人物だった、と」

「なに？」

「実を言えば、白羽先輩に近づいたつもりはありません。私の目的はリクトー社への潜入と、彼らが有している技術の奪取、です。誰も傷つけず、目的を遂行するつもりでした。今日は、社内に人がいないことを確認したつもりだったのですが――まさか虚偽の退勤時間を申請してまで、白羽先輩が会社にいらっしゃったとは」

「また残業してたんですね、シュウさん……」

ナディブラに睨まれる。

アルイアに殺されかけたことより、こちらのほうが怖い。

「どうして危険を冒してまで、リクトー社に潜入を？」

修佑が尋ねる。

リクトー社はヒーロー・ヒートフレアがいる。すんでのところで逃したとはいえ、アステロゾーアの首領を一瞬で撃退した彼の活躍は、怪人たちのトラウマになっているはずだ。

「それについては、アステロゾーア壊滅の後、なにが起きたかを話す必要があり、ます。なが……………い話になりますが」

「いいですよ。どうせ根こそぎ聞かなくちゃなんですし♪」

ナディブラからずっと発されている圧が怖い。

「承知しました。では」

アルイアは一礼して。

「話は、アステロゾーアの基地が壊滅しかけたところから始まり、ます」

そしてアルイアは、自分がなぜ、リクトーの一会社員になっているのかを語り始めるのだった。

アルイアの話は、一年前から始まった。

ヒートフレアにより、首領イデアが倒された。

その報告を受けアステロゾーアの基地は混乱状態に陥った。

怪人たちの対応は分かれた。すなわち投降するか、どこかに逃げるか、ヒートフレアに立ち向かうか。

アルイア──アステロゾーアの称号で『電子脳』と呼ばれていた情報集積体は、逃亡を選択していた。

自分の情報を格納していたデバイスは、ヒートフレアによって破壊された。

バックアップごと基地が破壊されるのを恐れたアルイアは、ネットワークを経由して、人間社会へ膨大な情報に紛れて逃亡した。

「アルイアにとって、ネットワークの世界は広大に広がる海のようなもの、です。アルイアとしての存在を保てるギリギリまでデータ量を落としつつ、リクトーの目の届かないところへ行くこと──ひとまずの目的はそれ、でした」

「確かにリクトーでも、どこかのコンピューターに、アルイアがデータとして紛れているのではないか、という推測はされていました」

どの怪人であっても、やはり逃亡は難しいだろう。

自分からはあまり話さないが、その時逃亡した怪人の一人──シースネークゾーアは、その後、食べるものにも難儀していたはずだ。

「はい。かつては800ゼタバイトの情報量だったアルイアは、もはや可愛らしい400メガバイトの情報集積体となり――どうにか逃げる先を見つけたの、です」

アルイアは続ける。

その逃亡先というのが――日本の大学生、八潮アイという女性のスマートフォンだったらしい。

「八潮アイは、情報工学を学ぶ大学生。一方で、電子機器マニアでもありました。そんなには必要ないながらも容量の多いスマホを複数購入、用途に応じて使い分けていました。アルイアの電子データが紛れ込んでも気づかれなかったの、です」

「わかりみ～。わしもプライベート用とキャバクラ客との連絡用で、携帯二つ持っているが、結構面倒なんじゃよなアレ」

なぜかミズクが同意を示すが。

「はい。しばらく、アルイアは八潮アイのスマートフォンに潜伏しつつ、元のデータ量を復元できる方法を探したの、です。しかし……」

だが、やがて。

八潮アイは、スマホの動作がおかしいことに気づいたらしい。見れば、不自然にデータ容量も増えている。

「アルイアは焦りました、ね。リクトーに通報されては、自分の居場所がバレる。インターネット上では、不審なデータの変化はリクトーに通報するよう指示も出ていますし……」

「ああ……」

修佑は複雑な顔をする。

アルイアと思しきデータの変化に、リクトーも目を光らせているが――誤報やイタズラが多く、担当者が悲鳴を上げていた記憶がある。

「そこでアルイアは考えました。最新スマホ情報サービス『アルイア』となって、八潮アイの電子生活を手助けすること、を」

「……はい？」

「アルイア、電気をつけて。アルイア、音楽を流して。音声認識によってスマホをサポートする、完璧AIになりすまそうとしたの、です、が……」

「いや、それは……」

ムリだろう。そもそもアルイアの名前でリクトーから指名手配されている。

まして電子機器に詳しい女性なら、そんなサービスが存在しないことも知っているはずだ。

「はい。欺瞞は通じず。秒でバレました、ね」

「ですよね……」

何故、騙しとおせると思ったのか。

話していると、アルイアにはややズレたところがある――人間でいう『天然』なその言動は、やはり彼女が情報集積体だから発生するものなのか。

「しかし八潮アイは、アルイアをリクトーに通報せず、スマホのＡＩ対話チャットを使い、アルイアと会話する仲になり、ました」

「え」

驚愕の言葉に、修佑は目を見開く。

「八潮アイは変わり者で、友達が少なかったよう、です。話し相手を欲していました」

「…………」

「対話は何気ない話の連続、でした。八潮アイの学校生活や将来の目標など。アルイアも聞かれるままに、アステロゾーアでの同僚や怪人たちの話をしました。なにをするでもなく、ただ会話を続ける関係――これは人間社会において、友人関係というべきもの、でしょう?」

修佑は息をのむ。

どこかで、怪人と平和な関係を続けているのはリクトー社――厳密に言えば、怪人たちを直接担当している自分だけだ、という思いこみがあったのかもしれない。

しかし、たまたま逃げた先で、電子生命体が一人の女子大学生と良好な関係を築いていた。

それは素晴らしいことではないのか。

「それは――どのくらいの期間を?」

「およそ2週間と3時間38分の間、二人の会話は睡眠時間などを除き、途切れることなく続きました。しかし、八潮アイが、アルイアとの話に夢中になった最中のこと、です」

アルイアは淡々と話していく。

自分のことなのに、どこか外から見た出来事を話すように。

「八潮アイが車に轢かれました」

「――は？」

「夢中でスマホを見ていた八潮アイも悪いです。一方、ドライバーは無免許の未成年であり、その後すぐに捕まっています。最悪なことに、ドライバーは経験の少なさから、八潮アイを轢いたことに気づきませんでした。八潮アイは頭部をしたたかに打ちつけて出血しました、ね」

なんの話になっているのか、わからなかった。

誰も話についていけぬ中、アルイアだけが淡々とした態度を崩さない。

「時間は22時32分。当時、通り雨が豪雨と化しており、通行人の視界は最悪でした。もしすぐに救急搬送されていれば助かるかもしれない八潮アイでしたが、目撃者はおらず、彼女を轢いたドライバーさえ気づきません、でした」

感情をこめずにアルイアが話す。

むしろその語り口が、情景をありありと頭に呼び起こした。

「アルイアの分析では、外傷はひどいものではありませんでしたが、早く処置しなければ脳の機能に影響が残る可能性がありました。俗に言う植物状態です、ね」

アルイアは目を閉じた。やっと感情らしきものを見せたようにも思えた。

「その瞬間、八潮アイをなんとかできるのは、スマホに侵入したアルイアだけ、でした」

まさか――。

頭に浮かんだ想像を打ち消す前に、アルイアが続ける。

「アルイアは――スマホをショートさせて、電力を八潮アイに打ち込みました。幸い、雨のおかげで通電は容易――それを利用して、自らのデータを八潮アイに移し、ました」

「……そんな、ことが」

「できます。アルイアは電子生命体。生体電気を利用すれば、生命でもコンピューターでも自分自身を移すことが可能、です」

修佑は絶句する。

自分の知らないところで、一人の女性と怪人が、そんなことになっていたとは。

「それは――八潮アイさんを、助けるために？」

「生体電気を維持し続ける、肉体の機能を失わせないことには成功しました。緊急の心臓マッサージのようなもの、です」

「……八潮アイさん、本人の意識は？」

「はい。八潮アイとなったアルイアはすぐに病院で治療を受けました。結果、外傷は完治しましたが——八潮アイとしての意識は、脳内に眠ったままです、ね」

やはりなんでもないことのように話すアルイア。

「おそらく、事故のショックによって、意識に不具合が見られます。アルイアは彼女を取り戻したい。今は生体デバイスとして彼女の肉体、そして記憶の一部を借りてアルイアとしての同一性を保っておりますが、この体はもともと、八潮アイのものですから、ね」

迷いのない言葉に、嘘はないように見えた。

アルイアは——。

悪の組織の幹部だったアルイアが、図らずも人間と邂逅し、コミュニケーションをとり、ついにはその女性を助けようとまでしている。

「で？　リクトーの新入社員として入社したのはなぜ？」

修佑は勝手に感銘を受けていたが——隣のナディブラは、特に興味がないようだった。あくまでも彼女の注意は、修佑の危機か否かに向けられているようで、いまだに言葉にトゲがある。

「いくつか理由があります。まず一つ目は、リクトー社の使う技術——記憶消去装置」

「え。これですか？」

修佑は、胸ポケットからペン型のデバイスを取り出した。

スイッチを押すと光が発せられる。この光を照射すれば、人間は直前の短期記憶を失う。より正確には、短い白昼夢を見ていたような感覚になる。うっかり怪人を見てしまった一般人に対する処置として、修佑も稀に使う。

頻繁に使うと脳や記憶に副作用が出る可能性があるので、あくまで緊急手段である。使用に際しても会社の許可や、前後の報告などが求められるが――偽装フィルムと同じように、怪人たちが社会で働くのにまちがいなく必要なデバイスだった。

会社には事後承諾になっても記憶消去をしなければならない事態のために、怪人に関わる社員の何人かは携帯を許されている。修佑は、もっともその可能性が高い社員の一人なので、こうして携帯をしているのだった。

「記憶を消す技術があるなら、取り戻す技術もあるかもしれない。そうすれば、損傷した八潮アイとしての意識、記憶も完全に呼び起こせる可能性がありますね？」

「それで――オフィスであんなことを？」

バイザーをかぶり、一つ目のようになったアルイアを思い出す。

「はい、あのバイザーには、かつてのアルイアのデータをある程度復元した情報が入っています。現状、アルイアとしての能力を完全に使うには、あのように外部データによる補助が必要です――人間の肉体は、アルイアの記録媒体としては小さすぎる、ので」

「メインＰＣの容量が足りないから、外部のハードディスクをつなげるような……？」

「はい。その理解で合っています、ね」

アルイアは頷く。

八潮アイの肉体が、アルイアという電子生命の生体パーツになっている。怪人に利用されているともとれるが、しかしそのおかげで八潮アイが死なずに済んだのも事実だ。

どう受け止めるべきか、修佑にはわからなかった。

「リクトーに潜入した第二の理由は、八潮アイの就職希望が、大手IT企業だったから、です。ITではありませんが、最新技術に触れられる大手企業なのは同じでしたので」

大手だからといってホワイトではないのだが、修佑は黙っておく。

「そして第三の理由は――あなた、です、ナディブラ」

「……はい？」

「ハッキングによるリクトー潜入も考えました。というより、本来であればそれが一番安全でした。この世界のITセキュリティなど、アルイアにとっては児戯。施錠されていない家屋も同然――にもかかわらず、あなたのせいで、リクトーの警戒が高まりました、よ」

「「「あ」」」

一同が声をあげる。

先日の、ナディブラ失踪事件において――最終的にナディブラは、『アルイアに追跡されているせいで逃げざるを得なかった』と釈明した。

それは全くのデタラメであったのだが、それをきっかけに、アルイア捜索が強化されたのは事実である。

「人間に害をなさず、それどころか八潮アイを助けようとしたアルイアは驚愕しました。昔の縁がとんでもないところから邪魔をしてきたものですから、ね」

「それは……ごめんなさいね」

さすがのナディブラも謝る。

この家で再会した瞬間からナディブラに敵意を向けていたが、そういうことだったのかと修佑は納得する。

「そんなわけで、リクトーの機密を得るには、こうしてリクトー社員になるしかなかったのです。幸い、八潮アイは就職活動中でしたので、それは容易、でした」

アルイア＝八潮アイは、修佑をまっすぐ見て、話を終える。

「以上です。虚偽も隠し事もありません。アステロゾーアを出たアルイアが今に至る軌跡、これが全て、です」

アルイアは修佑をまっすぐに見て。

「――今後のことは、どうか一緒に、相談させていただければと」

アルイアの回想を聞いた修佑は、しばらく沈黙していた。

ショックがあった。

どこかで、自分だけが怪人たちを助け、力になっているというおごりがあったのかもしれない――だが、リクトーとは関係のないところで、アルイアは八潮アイという友人を見つけた。

アルイアもまた、八潮アイのために行動している。

「さて、話は終わりのようじゃが……」

沈黙に耐えきれず、口を開いたのはミズクだった。

「はっきり言って、電子生命といえど、人の心など解さなかったお主が――人助けのために、危険なリクトーに潜入してるなど、にわかに信じられぬのう」

「それは――」

「その八潮アイ？　という女の肉体など、とっくに乗っ取っており、もとに返す気などさらさらない。このまま人間として生き延び(の)ようという魂胆(こんたん)ではないのか？」

それは修佑も考えたことだ。

八潮アイの精神のありかなどわからない。アルイアが言っているに過ぎないのだ。

「どうする、シュウ？　ヒートフレアに突き出すか」

ミズクがからかうように言うが――。

「ダメ、です。それはいけません。肉体は八潮アイのもの。斬られるわけにはいきません」

アルイアが、初めて慌てたように、その言葉を遮った。

「くふふ、こう言うておるが、シュウはどう思う？」

修佑はすこし考える。

「……いえ、とりあえず、アルイアさんの言葉に嘘はないと思います」

「ほう？」

「今、彼女は八潮アイの身体の心配をしました。本当にただ乗っ取っているだけなら、電子生命のアルイアさんは、コンピューターにでも逃げることができます。肉体を心配するなら――それは八潮アイさんに価値を感じているから、では？」

「くふふ、カマかけもちゃんと見抜くとは、聡いのうお主は。賢い男は好きじゃぞ♪」

修佑の腕を、キツネの尻尾がさわさわと撫でてくる。

それは良いのだが――そんな仕草に反応するナディブラから感じる圧が尋常ではない。ナディブラの瞳は見えないのに、睨まれている気がする。

「ではシュウさんさえ黙っていれば、これまで通り――ということですよね？」

嫉妬を隠しきれぬままではあるが、ナディブラがそう言った。

「そうなります。白羽先輩、いかがでしょう、か」

ナディブラとアルイア、二人の顔がこちらに向いた。

修佑としては、怪人を見つけた以上、リクトーに報告する義務がある。しかしその場合、彼女の無事は保証できない――リクトーの機密を盗み出そうとしたことは事実だ。

しかし、それは八潮アイという、一人の女性を助けるためだという。そうだとすれば、アルイアの存在を報告することは、八潮アイを助ける術を失うことになるに違いない。

「……全て正直に話し、八潮アイさんを助けることも含め、リクトー社にゆだねる、という選択肢もあります」

「──それは」

「はい。ただ、リクトー社が怪人に対してそこまで融通を利かせてくれるかどうかは……正直、ちょっと疑問です。アルイアさんが、八潮アイさんを助けたいという感情も、嘘だと断じられる可能性があります」

「社員じゃというのに、自分の会社を悪く言うのう」

「社員なので、会社のことはわかっています」

そうなってしまえば終わりだ。

機密を盗み出そうとしたアルイアは、ヒートフレアによって処分される可能性が高い。

「最悪の想定は……ヒーローのヒートフレアが八潮アイさんを処分することで、民間人を死に至らしめることです。それだけは絶対に避けなくてはなりません」

「ヒートフレアが絶望する様は見てみたいですけどね」

ナディブラがくすくす笑う。

天敵が絶望する様は、悪の女幹部にはさぞかし喜ばしい光景だろう。

「すみません、それは勘弁してください」

「はぁい、わかってまぁす」

「なので、『怪人対策部』の緊急対応として、僕はアルイアさんを今まで通り、一社員の八潮アイさんとして扱います。それが、誰にとっても良い結果になると信じたうえでの緊急措置です。よろしいですね」

「……また、シュウさんが抱え込んでしまうんですね」

ナディブラが心配そうに見つめる。

八潮アイがアルイアであることが発覚した場合、責任を問われるのは修佑になる可能性がある。報告義務を怠ったことで、なんらかの処分は免れない。

だが、それはあくまで社員としての処分だ。

命さえ危ぶまれる八潮アイとアルイアに比べれば、安い賭けだ——と修佑は判断した。

「承知しました。それで結構、です、白羽先輩」

「ただ——機密情報の扱いについては……盗んでください、とは言えないのですが。先ほどのように、大掛かりなアクセスをするのも……」

怪人の姿になって、オフィスのＰＣを操作していたアルイアを思い出す。

だが、アルイアは首を振った。

「今のアルイアは、リクトーの一社員。しかもアルイア対策部門の人間です。仕事上、機密を知り得ることもあります、よね？」

「う」

「むしろ業務を遂行するにあたり、知らなければならないことがあります。たくさん教えてください、ね？　先輩」

「は——はい——」

頷くしかない。後輩の指導は修佑の務めだ。

なんだかとんでもない厄介事を、自分から抱えてしまった気がする——この判断が、誰にとってもいい結末となることを祈るしかない。

「シュウさんの負担になるなら、私が消しますけど？」

手首から金色の触手をうねうねと伸ばすナディブラ。

「い、いえ、大丈夫です……ただ、家のことはまたお願いするかも」

「いくらでもお願いしてください♪　シュウさんに頼られると嬉しいです。信頼関係ってこういうものなんですね。ここから愛情も芽生えるんですね」

「そ、そうなのかな……」

ナディブラが抱きついてくる。力が強いので抵抗できない。

職場の後輩——アルイアにじいいいと無表情で、その様子を見られるのも気恥ずかしいものがある。

「あ、あの、アルイアさん。最後に、聞きたいことが」

「はい、なんでしょう」

「今の状態は――八潮アイさんの肉体に、アルイアさんの意識が入っている状態。つまり、あくまでも、あなたはアルイアさんなんですよね？」

「――――」

沈黙が返ってきた。

あなたは何者なのか、という問いに、これだけ長い沈黙をされるとは思わなかった。

「今の私は――アルイアが、逃亡中に捨てたデータの多くを、八潮アイの記憶で補完しております。そのため、八潮アイとして振る舞うことも容易です。性格、口調、行動判断などにも、八潮アイからの影響を強く受けてい、ます」

「――――」

「アルイアとも言えますし、八潮アイだとも言えます。もとよりアルイアは形のない電子情報なので、構築するデータの割合に左右されるものなのです。今の私は――どちらでもある、不可思議な意識、です」

でも、と八潮アイ＝アルイアは続けた。

「この状態は双方にとってよくありません。きちんと、八潮アイに肉体を返さなくては。二つの生命の意識が、一つの肉体にとどまれば、予期せぬ負担も生じます」

アルイアは、そこで、深々と頭を下げた。

「なので——どうか皆様、ご協力をよろしくお願いいたします。アステロゾーアに未練はありませんが、ミズク、ナディブラの助力も得られたら、とても心強い、です」

彼女の嘆願に。

ミズクはくすくすと笑いながら頷く。ナディブラは——。

「えー、私もですかぁ」

「僕からもお願いしますナディブラさん。せっかくできた後輩なので」

「シュウさんがそう言うなら仕方ないですね！」

変わり身が早すぎるが、今はむしろそれがありがたかった。

「助かります。どうぞ、外では八潮アイとしてよろしくお願いいたします」

「はい、こちらこそ」

「それと、ナディブラを見ていて、思いついたことが……一つ」

アルイアは顔を上げた。

「どうやら、社会で円滑なコミュニケーションをするには、信頼できる男性と一緒にいることが望ましいようです、ね。なのでここは、白羽先輩を好きになってしまった後輩、八潮アイとなることで……リクトー社内の警戒度を下げる計画を提案します、よ」

「——————はい？」

「よろしくお願いしますね……ダーリン♪」

八潮アイ＝アルイアが、無表情のままとんでもないことを言い出す。

「な、な……」

ナディブラがぶるぶると震えた。触手からばちばちと電気が走る。

ああ、ヤバい、爆発する——と修佑は全てを諦めた。

およそ言語化できない悲鳴が、ナディブラから発せられるのは、その数秒後のことだった。

Yoshino Origuchi
Presents
Onna Kaijin san ha
Kayoi Zuma

その日から、アルイア＝八潮アイは、白羽修佑のそばを離れなくなった。

いや、もともと、修佑が指導係なのだからなにも問題はないのだが——以前にもましてぴったりとくっついてくる。それはもう、物理的に。

「あの——八潮さん」

仕事を教わるために、修佑のＰＣを覗きこむアルイア。

「なんでしょう、か。白羽先輩」

「近いです——というか、当たってます。体が」

八潮アイの、細い割に豊満な胸が当たっていた。というかおそらくアルイアが意図的に当てているのだ。

精神はアルイアに近いはずだが、肉体は八潮アイのものなのだから、そういうことはやめてほしい。まして職場である。

「これは失礼」

そう言ってアルイアはすっと離れる。

だが、なにかにつけてボディタッチをしてくることは変わらない。それは、本人がスキンシップを求めているというよりも――八潮アイが修佑に惚れているという事実を、オフィス中に見せつけるためのようだ。

「お熱いねえ」

伊丹がからかってくる。

「やめてください、伊丹さん。そういう関係ではないので」

「いや、お前さんの熱心な指導のおかげだろう。大体、職場の上司なんてなぁ嫌われるもんだしな。羨ましいよ、そんなに懐かれて」

今度は本当に羨ましそうな伊丹だった。

八潮アイが、人間の身体を借りているだけの電子生命体だと知ったらどんな顔をするのだろうか。もちろんそんなことを言えるはずもないのだが。

「すみません、白羽先輩――こういうことはあとでします、ね」

「まるでいつもやっているみたいな言い方はやめてください」

アルイアの作戦は、至極単純であった。

修佑に惚れていることをアピールして、社内での信頼を確立する。

怪人と接点のある修佑は、アルイアにとって、ヒートフレア以上の重要人物だと認識されてしまったらしい。そんな修佑と仲の良いことを周りに見せれば、必然的に、八潮アイがアルイアだとは思われないということらしい。

どんな計算で導き出した結論かはわからないが――。

データ量の落ちた電子生命体。

今はフルスペックを発揮できない――つまり計算が間違っているのでは？　と思う修佑だ。

どう考えても、一介のブラック社員にそんな価値はない、はずなのだが。

「やあ、白羽くん。八潮さん。また来たよ！」

などと思っているところへ。

満面の笑みで、陽川煉磁が会いに来る。

先日、陽川から信頼を得て以降、彼は頻繁にオフィスを訪れるようになっていた。それも二人一緒にオフィスにいる時間を、計ったように狙い撃ちしてくる。

というか、実際、修佑の外回りや休憩のタイミングまで、完璧に把握しているのだろう。

「陽川様、少々声が大きいかと」

「そうかい？　ヒーローだからね。ついつい声を張ってしまうんだ」

陽川の隣には、メガネの美女、雨澤がいつも同行している。

社内の女性人気を獲得する陽川であったが、最近は常に雨澤が一緒にいることで、二人の仲が噂されており、ショックを受けた女子社員もいたりするらしい。

「陽川さん。お待ちしておりました。こちら、アルイア捜索の計画書、です」

「ありがとう八潮さん。役員会議で話し合っておくよ。さすがＩＴに詳しい人の計画書は違うね。君の力が、アルイア捜索の一助になることを祈ってるよ」

「ちなみに陽川様の計画書は、見つけて斬る、のみでした。話になりません」

「手厳しいなあ雨澤さんは！」

三人が談笑している。いや、アルイアは無表情だし、雨澤もクールビューティなので、笑っているのは陽川のみだが。

（い、胃が痛い——）

オフィスで、女怪人が、自分を捜索する計画をヒーローに提出している。

ここまでこんがらがった状況はそうそうないだろう。しかも全てを知っているのは修佑のみ。

なんと口を挟めばいいのかわからない。

秘密を守ると言った以上、責任は負うつもりだが——。

（……陽川さんは、本気だろうし）

電子生命体をどうやって斬るつもりかはともかく。

陽川はアルイアを危険だと判断して、捜索に全力を挙げている。

「どうしたんだい白羽くん、顔色が良くないけど」

「い、いいえ、なんでも——」

「寝不足は良くないよ。ちゃんと休暇は取っているかい？　俺にできることがあれば言ってくれよ」

できれば休暇を取れるような仕事量に抑えてほしい。

などとヒーローに言っても解決しないのはわかっていた。負担を減らすために怪人を斬ろう――とか言われかねない。

最近は陽川がオフィスに頻繁に来るので、部長が面白くない顔をしている。会社の要人がオフィスをひっかき回すのだから当然だろう。

八つ当たりが来なければいいな、と思う修佑だ。

「白羽先輩はお疲れのようです、ね。仕事が多いので……」

八潮アイが、修佑の顔を覗きこんでくる。

疲労の半分くらいは、彼女が理由なのだが――。

「八潮さん、彼のことも気にかけてあげてくれるかい？　どうも抱えこんでしまう性格のようだしね。俺がなんとかできればいいんだが――」

「お任せください。先輩のサポートは完璧、です」

八潮アイが意味深にほほ笑む。

「公私ともに、お支えできれば……と思っていますから、ね」

修佑がなぜ苦労しているのか、それを知ってか知らずか、八潮アイはとても良い笑顔を浮かべていた。

「仲が良くてなによりだね！」

陽川の朗らかな笑顔さえも、修佑の心労が増す原因なのだった。


家に帰ってからも、修佑の気が休まることはない。

というのも——退勤後に、そのまま八潮アイが修佑の家までついてくるからだ。

「なぁぁぁんでですかぁぁぁ——————ッ！」

修佑の家に、ナディブラの悲鳴が響き渡る。

これまでは何があっても動じず、『ご飯にします？　お風呂にします？　それとも同化？』と聞いてくる女怪人が、今は取り乱している。

「なんで！　仕事終わりの、私とシュウさんのラブラブタイムに！　変な女が混じってくるんですかぁぁ！」

「ナディブラ。落ち着いて、ね」

「混乱させる当人が言わないでくれやがります!?」

日本語がおかしい。

ナディブラも文法から丁寧に学んだはずなのだが、やはり感情が表に出ると言葉が乱れるのは、人間も怪人も変わらないのだろうか。

「白羽先輩は仕事が多く、今日も残業——しかしそれでは身が持ちません。仕事を家に持ち帰り、優秀な後輩たる私が補佐をいたします、ね」

「家庭に仕事を持ち込んじゃダメです！」

ナディブラとの家庭はまだ築いてないのだが——。

とはいえ、衣食住全てナディブラに握られている状態では、彼女が家庭生活を司っているといっても過言ではない現状である。

「先輩、早速こちらの資料なのです、が——」

「それよりご飯にしましょうシュウさん！　ほら、帰ってきて早々仕事なんて、ね？　まずは私と癒しの時間を……！」

モバイルＰＣを取り出すアルイアと、料理の最中だったのか、包丁を持って近づくナディブラ。

片方を断ればもう片方から睨まれそうで怖い。どうしたらいいのか——。

「お主らよぉ、まずは座れ。シュウはスーツを着替えよ。とにもかくにも一度、腰を下ろしてからじゃろうが」

そして。

ソファにまるで家主のような顔で座っているのは、ミズクであった。

アステロゾーアの四幹部——そのうち三名が、なぜか狭い修佑のアパートに再集結している。

「どうしてもなにも、今のアルイアからは目が離せぬし、マジ卍(まんじ)にジェラっとるナディブラもやばみ強すぎじゃし、仲裁役(ちゅうさいやく)が必要じゃろうが。ほれ、こっちに来い。わしの尻尾(しっぽ)で疲れをとるがよい」

ソファを埋め尽くしている金毛の誘惑には抗(あらが)えず、修佑はふらふらとソファに吸い込まれていった。

ナディブラが「ジェラってませんもん！」と叫ぶが、ミズクは一笑に付(ふ)すのみ。

「んで、アルイア、仕事どのくらいじゃ」

「十分程度で終わるかな、と――」

「そんなもんオフィスで片付けてこぬか。お主、シュウの愛人としての既成事実作ろうとしているだけじゃろうが」

「バレました、か。それが一番、危険度が低いプランなので……」

アルイアが通い後輩になっている一番の理由は、修佑との親密さをアピールすること。

そしてそれこそが、ナディブラの怒る原因でもある。

かつては、修佑が誰と親密になろうと、ミズクの店に行こうと、ナディブラは気にしなかった。嫉妬(しっと)という言葉を知らないようにさえ見えた。

いずれ内臓として同化するから、その前に誰と話そうが関係ないのだ。

だが、今は。

「ううう～～～～～」

聞いたこともない声をあげて、グリルで魚を焼くナディブラ。

ともかく、ミズクの尻尾で埋められたソファに座り、アルイアとともに残ったわずかな仕事を片付ける。

そうこうしているうちに、食卓にナディブラお手製の食事が並べられた。

（……なにをしているんだろう。僕は）

ふと我に返れば、女怪人たちをはべらせている状態である。

ピリピリした空気のせいで修佑自身は気が休まるわけではないが――もし誰かが見たら羨ましいと思うのだろうか。

「というか、男の家に出入りしていいんですかぁ？　八潮アイ、さん？　ご家族とか良く思わないんじゃ？」

わざと人間の名前で呼ぶナディブラだった。

「八潮家の家族は、リクトー入社をとても喜んでいます、よ。信頼できる先輩にご指導いただいていると話すと、いつか連れてきてほしいと言われました」

「――大事な娘さんの身体に、怪人の精神が入ってるなんて思わないでしょうね」

「今のアルイアは、八潮アイの人格も混合しています、よ。私も、彼らに肉親の情を抱いています。肉体が無機物デバイスであった時には、学ぶことのなかったデータです。とても興味深い」

「ええ、ええ。そうでしょうとも。電子生命体のあなたにとって、全てはデータで、食事なんですよね。感情も、気持ちも」

「？　当然のことでは？」

　モバイルＰＣを片付けるアルイア。

　そもそもアルイアが自力で処理できる程度の仕事だった。すんなり終わらせてから、アルイアはなんでもないことのように。

「感情もまた、脳機能の出力であり、電気信号であり、すなわちデータです。一見、非合理的な感情だろうと、それが出力される理由があります。真に非合理的なふるまい――バグは、すなわち精神の病です。バグによってエラー出力がされること自体は、きわめて合理的です、ね」

「…………」

「ナディブラが嫌な女になっているのも、とても論理的です。白羽先輩をとられたくない、自分のものにしたい。アステロゾーアにいたときから、恐ろしいほど感情的になりました、ね。それもまた、人間の感情を学んだ――摂取した、ということでは？」

「だ、だれが嫌な女ですかっ！」

　ナディブラが泣きそうな声をあげた。

「いや、今のお主、めっちゃ嫌な女じゃぞ」

「ミズクちゃんまでやめてください！　あとそんなにシュウさんにくっつかないで！」

「ぼでぃがーどじゃ」

「やーめーてーっ！」

　ナディブラが頭を振る。

「くふふ、あのナディブラがここまでテンパるとはのう。どう思う、シュウよ。あやつの様子は」

「えっ!?　あ、ええと……」

　正直に言えば。

　嫉妬むき出しのナディブラを、修佑は可愛い、と思う。

　だが同時に、人間以上の力を持っている存在が、自分の感情をコントロールできていないことに恐ろしさを感じる。その力がどうなるか、きっとナディブラ自身もわかっていない。

「ナディブラさん、その……アルイアさんとはそういう関係ではないので。あくまで先輩と後輩ですから」

「はい。ヒートフレアやリクトー社を油断させるための、偽装です、ね」

「わかってますけどぉ！　イヤなんですぅ！　なんなんですかこの感情！　人間はこんなものにいっつも振り回されてるんですかぁ！」

ミズクがけらけら笑っている。

修佑はなんと言ってあげればいいのかわからず、おろおろするばかりである。

『怪人対策部』で毎日のように怪人を相手にしている修佑でさえ、ナディブラには手を焼いてしまう。

そこまで嫉妬してくれるのが嬉しいという感情はあるが——それを言うのは照れ臭いし、しかもそれでナディブラの嫉妬が収まるわけではない気がした。

「まあ、今後もこのように通い後輩となりますので、慣れてください、ね。ナディブラ」

「ううう〜〜〜家事は私とシーちゃんの担当ですからね！　ゆずりません！」

「家政婦になったつもりはないので大丈夫です、よ」

「誰が家政婦ですか!?　通い妻です！」

ぎゃあぎゃあと騒がしくなりつつも、食事が始まる。

大変だなと思う反面——ずっと一人だったこの家が、こんなに賑やかになるのは嬉しい。そんな風に思う修佑だ。

「あの、あくまでも……アルイアさんが八潮アイさんの人格を取り戻すまでの話ですから。ナディブラさんも、あまり怒らないでください」

「あ、そ、そうでしたね……ふ、ふふ、あくまでも、期間限定……！」

自分に言い聞かせるかのようなナディブラだ。

深呼吸してみせる。

「——八潮アイとやらの記憶を戻す目算は立っておるのか。アルイア」

「現状はあまり。記憶消去装置に触れる機会もありません、ので」

アルイアは首を振る。記憶消去装置は、リクトーでも重要なデバイスなので、許可を受けた場合しか使用してはならない。

「では——明日、僕の外回りに付き合いませんか、アルイアさん？　教えたい仕事などもありますので」

「記憶消去装置を使うのです、か？」

「はい、たまたまですが……」

修佑は苦笑する。どのみち、後輩には教えなくてはならないことだ。

——その後輩が、女怪人であるところがややこしいのだが、それに関してはもう、自分の責任として引き受けると決めている。

「では、お供します。業務ですし、ね」

「よろしくお願いいたします」

明日の予定がすんなり決まる。アルイアは社員としても優秀なので、仕事はどんどん覚えてもらいたい修佑だった。

「うう、なんだかあの二人がいい感じですぅ……」

「妬（や）くなっちゅーのナディブラ」

一方、ナディブラからの圧力はびりびりと感じる。

彼女をなだめるためにも、いつか二人の時間を作らなくては――そんなふうに思う修佑だった。

もっとも、それができないが故のブラック社員であるのだが。


「――それでは店長、こちらの光をよく見てください」

翌日。

修佑はコンビニのバックヤードにいた。コンビニの店長に向けて、リクトー製の記憶消去装置を向ける。

装置は細い棒状の金属で、先端からは青い光が照射される。光を見つめるコンビニ店長の顔はうつろである。

「あなたは怪人のことを忘れます。いいですね、3、2、1……」

「怪人のことは……忘れ……ます……」

「怪人を雇（やと）っていたことも忘れます」

「忘れ……ます」

催眠状態の店長は、修佑の言葉をぼんやりと繰り返すだけである。

「怪人のことは覚えていません。あなたが怒りに任せて、怪人に暴力を振るったことも記憶からなくなります。これからあなたは眠りにつき、起きたら怪人のことは忘れています」

修佑はぱちんと手を叩くと。

店長はかくんと、首を落として、大きないびきを立て始めた。

「はい、という風に……」

修佑は、様子を全て見ていたアルイアを振り返り。

「対象者が眠りに落ちれば、記憶消去は成功です。暗示した部分の記憶が消去されます」

「ふむふむ。なるほどです、ね」

アルイアは、その様子を逐一メモにとっている。

それだけ見れば、仕事をがんばって覚える新入社員でしかない。もっとも、彼女が熱心なのは、八潮アイの精神を復活させたいがためだろうが。

これも修佑の仕事。

怪人を人知れず、社会で働かせる一方──『人知れず』の部分を維持する。

「シュウさん、すみません、わざわざお手数を──」

「いや、こちらこそ。店長が暴力を振るったと聞いたときは驚きました」

「私もぉ、まさかこんなことになるなんて──」

申し訳なさそうに、大きな手で自分の顔を撫でるのは、背の高いトラ型怪人──スミロドンゾーアである。

もふもふした毛が、力なくしおれているが――爪や牙は怪人らしく恐ろしい。店長も、頭に血が上ったとはいえ、よくこんな相手を殴ったものである。

「怪人だから仕事ができないんだ、と言われて……私もがんばっていると伝えたんですが、結局口答えするなと殴られてしまいました……あ、まあ、全然痛くはなかったんですけど」

「さすがに暴力沙汰は看過できないので、記憶消去措置ですね」

修佑はため息をつく。

スミロドンゾーアはもうこのコンビニでは働けない。新しい職場を探さなくてはならない。

だが、怪人を受け入れてくれるような職場は貴重だ。

そもそも一般人には、怪人の存在は知られていない。どの職場を選ぶにせよ、まずは怪人の説明や理解から始めなければならない。このコンビニは国の支援金目当てとはいえ、貴重な職場だったのだが――。

さすがに怪人を殴る店長の下では働かせられない。相手が温厚なスミロだったからいいようなものの。

「先輩、スミロドンゾーア……さんの新しい就職先をリストアップしました、よ」

「えっ」

「彼女は体力がありますので、工事現場などが良いかと思います、ね。こちらの会社など、アステロゾーアによる破壊活動の修復などを請け負っていますので、リクトーの事情も斟酌してくれるかと……」

タブレットで、まとめた資料を見せるアルイア。

仕事が早いなんてものではない。あとアステロゾーアが壊した街の修復を、怪人にやらせるのもどうなのか。

「ち、力仕事！　やります！　得意です」

しかしスミロがむしろ乗り気であった。

「はは……わかりました。早速交渉してみますね」

「あ、ありがとうございます。ええと、ところでシュウさん、こちらの方は……」

スミロが、初めて見るアルイアに視線を向けた。

「リクトーに入りました、八潮アイと申します。よろしくお願いします、ね」

「は、初めまして——あの、どこかで会ったことありますか？」

「いえ初対面です」

しれっと嘘をつくアルイアだった。

とはいえ、彼女がアルイアであることは絶対に知られてはならない。かつて部下だったはずのスミロにも隠すのは当然だ。

「そうですか。ご、ごめんなさい、知り合いの気配がしたもので……」

「いえいえ。人間離れしているとよく言われます、ので」

なごやかに話が進んでいく。

（……そうか、かつての幹部が、部下の面倒を見ていたりするのか）

修佑は思う。

たとえばナディブラはシースネークゾーアを妹として扱っているし、ミズクも職場で部下の怪人たちを見ている。

アルイアもアルイアで、かつて部下だった怪人たちに思うところがあるのかもしれない。

「……ところで、あの、店長は」

「この後、リクトーの別部署の者が来て、改竄を行います。ここで怪人が働いていた記録はなかったこととなり、ただの人間の女性が辞めただけとなります。記憶処置は完璧なので、あとは任せていただければ」

「はぇぇ～……すごいんですね、リクトー」

その通りだ。

怪人の存在を世間に知られぬまま、怪人を働かせる、そんな無茶を通している。

彼女たちの存在が公的に認められることは、まだ難しい。いつかそんな時代が来ればいいと修佑も思うが、まだまだ望み薄だろう。

現状は、改竄や記憶消去、そして一部の雇用主の善意に頼るしかない。

「私は記憶消去装置の仕組みに興味があります、ね。かつて玩具製造会社だったリクトーが、どうしてここまでの技術を」

「機械の仕組みは僕にはなんとも……エンジニア部に連絡してもらうしか」

ただし、ヒートフレアの武装などと同様、機密事項だ。

社員の八潮アイとして申請しても、メカニズムまで教えてもらえるかどうか。

「ふむ。おそらく光によるタンパク質の不活化と思われますが、実用的なレベルまで達しているのは一体どういう——催眠との併用？　催眠誘導の技術も用いられるとすれば……」

アルイアが自問自答を繰り返す。

本当に、彼女は熱心だ——八潮アイの記憶を取り戻すことに。

交友を深めたというのは嘘ではないのだろう、と修佑は思った。人工生命体アルイアと、八潮アイの友情がどういうものだったのか、興味がある。

「あ、あの、シュウさん」

「はい、なんでしょうスミロさん」

肉球のついた手をこすりあわせ、スミロが近づいてくる。

「わ、私もまだまだ頑張りますから、み、見捨てないでくださいねっ。後輩さんには、負けませんから——っ」

「？　はい、もちろん担当なので、ずっとお傍にいますけど……？」

「〜〜〜〜〜〜っ」

スミロの毛がぞわぞわと逆立った。どういう反応なのだろう。

「あ、新しい職場はちゃんと手配しますので、心配しないでくださいね」

「は、はいっ。お願いしますね……っ！」

スミロが尻尾を、おそらく無意識のまま、修佑の足にからめてくる。

職場を変えることで緊張するのは、人間も怪人も同じなのかな——と修佑は判断した。

ひとまずこのコンビニは後にして、他の部署に仕事を任せよう。修佑が社用携帯を取り出したところで。

逆に、携帯が鳴った。

相手も確認せず、慌てて電話に出る修佑。

「はい、もしもし白羽ですが」

『やあ、白羽くん、陽川だけど』

「陽川さん!?」

なぜ自分の番号を——いや、社用携帯なのだから陽川ならいくらでも調べられる。

思わず声をあげてしまったせいで、アルイアもスミロも、びくりと修佑のほうを向いた。やはり陽川の名前は怪人にとってトラウマなのだろう。

『急ですまないけど、今夜時間があるかな。前からキミとは一度、じっくり話をしたいと思っていたんだ』

「は、はあ……ですが、実は帰ってからも書類仕事がありまして」

『今日は残業をさせないよう、怪人対策部の部長には言っておいたよ』

手際が良すぎる。逃げられない。

さしもの部長も、ヒーローに言われては拒否できないだろう。陽川との食事は確定した。

『俺の行きつけでもいいけど、もし白羽くんおススメの店があるなら、そこに行きたいな。仲間のことは詳しく知りたいからね』

急な誘いの上、店は決めろという。

横暴にさえ感じるが、多忙な陽川にとっては、今日の夜がたまたま空いた時間、ということなのだろう。

そんなヒーローをサポートするのも、リクトー社員の仕事だ。

それに——怪人たちにとっては恐ろしい存在だが、修佑もまた、陽川のこと、ヒーローのことを知りたいと思っていた。いい機会なのかもしれない。

「わかりました。では、僕がよく行くお店でお願いします」

『ああ、頼むよ。楽しみにしている』

「詳しいことはまた、すぐに連絡しますね」

修佑がそう言って電話を切る。アルイアとスミロが心配そうに修佑を見つめてきた。

「陽川さん、随分急です、ね」

「ええ。とはいえ、彼のおかげで定時上がりになりそうなので――そこは良かったです」

定時上がりなど何年ぶりだろうか、と思う。そして修佑の仕事は今ごろ、伊丹あたりに無茶振りされてるのかもしれないが――。

修佑は社用でないほうの携帯を取り出した。

「どちらに連絡を？」

「夜行くお店に――ちょっと嫌がられるかもしれませんが」

修佑は苦笑する。飲み歩く習慣のない修佑にとって、行きつけの店と言えば一つだった。

幸い、電話の向こうの相手は、すぐにコールに出てくれるのだった。


「いらっしゃいませぇ、ご指名ふざけんじゃねーぞ、なのじゃあ♪　よくも来やがったなヒートフレア、シャンパンで殴られたくなければ今すぐ出ていけ、なのじゃ♪」

「ははははは、その接客じゃ仕事は務まらないんじゃないのかいミズク」

「うるせー出禁にすっぞ脳筋ヒーローがよぉ、なのじゃ♪」

煌びやかなキャバクラの店内。

その一角にて、営業スマイルのミズクと、いつでも爽やか笑顔の陽川煉磁が、真ん中に修佑を挟んで座っている。

「いや、白羽くんの行きつけと聞いていたが、ここは確かに」

「すみません、他のお店、あまり知らなくて……」

ここは、ミズクの勤務するキャバクラ。

ミズク以外にも、多くの怪人が人間相手に接客をしている場所だ。陽川と話をすると聞いて、真っ先に思い浮かんだのがここだった。

修佑も（怪人たちの様子を見に）何度も訪れているし――ミズクであれば、多少、怪人たちに関わる話をしても問題ないと判断した。

悪の幹部と、ヒーローの仲の悪さまでは、考慮できなかったが。

「本当に働いているとはね」

「意外か？　この程度、わしには造作もない」

「男をたぶらかすのが得意な妖狐だものな。確かに天職か」

「ケンカ売りに来たのか貴様？　いかに弱いとはいえ、わしにもプライドがあるぞ？」

「今のは純粋に褒めたつもりだったんだが……」

陽川は困惑している。皮肉ではなかったらしい。

怪人への言葉選びが根本的に間違っている。

「す、すみません陽川さん。ミズクさんも、ここは穏便に――」

「ふん、シュウの顔を立ててやるが、貴様に振りまく愛想はないぞ」

いつもご機嫌なミズクが、今日は半眼で陽川を睨むばかりだ。

「まあ、ミズク。そう猛るなよ。俺は白羽くんとじっくり飲みたかっただけだからさ」

「貴様の顔見るだけで、怪人のキャストが皆、奥へ引っ込んでしもうたわ。まじありえんのじゃが。せめて高い酒入れてもらうぞ」

「お好きにどうぞ？　ああ、白羽くんも気にせず。俺が払うからね」

「店長！　良い酒！」

ミズクのかけ声で、卓にシャンパンが並べられていく。

ミズクは自分と修佑のグラスには注ぐが、陽川のグラスには触れもしなかった。

「嫌われたものだね。まあ——俺もキミたちが好きではないが」

「そんなことはどうでもよい。シュウになんの用じゃ」

「はは。大したことじゃない。ただの決起集会だよ」

仕方がないので、陽川のグラスには修佑が注いだ。

それがよほど嬉しかったようで、陽川は爽やかな笑顔でグラスを傾ける。

「俺は必ずアルイアを捕らえたい。そのために白羽くんの力が必要だと考えた。怪人のことを誰よりも理解しているキミの力さえあれば、必ずアルイアを捕らえられる」

「それは——ええと、はい」

「八潮くんも優秀だが、まだまだ新人だ。キミを頼りにしているよ、白羽くん」

その八潮アイが、アルイアなのだが。

それは絶対に明かせない。修佑は言葉とともに酒を飲んだ。

「……陽川さんは、それほどアルイアに対して警戒を？」

「ああ。四幹部の中でもっとも警戒している」

陽川は断言する。

「アステロゾーア四幹部の中で、ジャオロンが最も強いが、それは別に問題じゃない。俺が斬ればいいだけだ」

ミズクが小声で、言いよるわ、とため息をついた。

陽川はあえてそれを無視して続ける。

「でも、アルイアには実体がない。俺が斬って済む話じゃない。しかも所在も不明、なにを企んでいるかも不明。警戒すべき要素は多い」

「……単に逃げているだけかもしれませんよ？」

「それならそれで構わないが、俺たちは市民のために、最悪の想定もするべきだ」

陽川が、いつになく饒舌だった。

いや、いつも快活にしゃべる青年であったが——今日はいつもよりも、真剣みが増している気がした。酒のせいで本音を語っているのだろうか。

隠し事のある修佑より、ヒーローのほうが誠実に思える。

「雨澤さんから聞いたが、アルイアが一番恐ろしいのは、人間の意識を乗っ取ることだ」

「…………！」

「情報生命体だから、その情報が乗る媒体はなんでもいいらしい。アルイアにとっては人間もコンピューターも変わらないそうだ。雨澤さんの見解は、分析班の意見とも一致する。善良な市民に成りすますことは許されない」

修佑は、表情を変えないでいるのに必死だった。

すでにアルイアは、八潮アイの中にいる。アルイアは八潮アイを助けるためだったと言うし、修佑たちもその言葉を信じた。

しかし、陽川が容易に信じてくれるはずはない。

「相手は情報生命体だ。人間からもっともかけ離れている。ミズクやナディブラでさえ、こんなに人間と違うのに——アルイアはそもそも成り立ちから、普通の生物とは違う敵幹部だ。相互理解を望めるとは到底思えないし、一番危険だ」

本当に、そうなのだろうか。

リクトー社に潜入したアルイアは、恐ろしいほど周囲に馴染んでいる。当の陽川を含め、誰も彼女がアルイアだなどと疑っていない。

それが集積された情報、データから導き出された振る舞いだとしても——それは、人間を理解していることになるのではないか。

「だから早くアルイアを見つけたいんだ。どうか頼むよ」

「はい——全力を、尽くします」

嘘を言うしかない修佑だった。

陽川はヒーローだ。市民を守りたい、傷つけたくないというのは、まぎれもない本心なのだろう。だが。

だからこそ、全て正直に打ち明けても、彼には届かないと思った。

「陽川さんは、本当に……ヒーローなんですね」

修佑は、ぽつりと呟いた。

「僕も、リクトーに入社したときは、陽川さんに憧れがありました」

修佑が思い出すのは、就職活動。

必死で就職先を探していた数年前だ。街で時折、怪人が暴れても——修佑の就職活動には関係がない。悪の組織より、自分の将来だった。

しかも、そんな怪人たちの横暴も、ヒートフレアの活躍ですぐに終わった。その時の修佑にとっては、一時の災害のようなものだった。

アステロゾーアを壊滅させたヒーローを、テレビでよく見るようになったのも、その頃だ。

ちょうど、リクトーは新入社員を募集していた。

自分も、皆から尊敬されるような人間になりたい。

そう思って、リクトー社の面接に行った修佑は――今に至る。あの時素顔も知らなかったヒートフレアと、こうして話すことになるとは思わなかったが。

「手厳しいな、白羽くん。今は憧れじゃないのかい？」

「い、いいえ、そういうわけでは……ただ、目の前の仕事をこなすのに精一杯で……」

薄給で重労働なので憧れなんて吹き飛んだ、とは言えなかった。

「なるほど。でも、俺もそうだよ」

陽川が、よくわかるというように頷いた。

「ヒーローは、皆にとって憧れで、皆を守らなくちゃならない。負けることは許されない。どんな時でも笑顔で、まぶしくなくてはならない。それが、光り輝く熱血の戦士、ヒートフレアのあるべき姿。『こうでなくてはならない』が多いのさ」

「陽川さん？」

「ああ、すまない。愚痴のつもりはないんだ。俺は好きでやってるよ。俺もヒーローが憧れだからね。一分一秒でも早く、理想のヒーローに近づきたいんだ」

陽川の目は、どこか遠くを見ていた。

きっと彼にとっての理想は、よほど遠くにあるのだろう。アステロゾーアを倒しても、皆から賞賛されても、なお足りないほどに。

「俺はヒーローの役割を全うしたい」

陽川は、さらに言葉を重ねる。

「誰もが役割を持っている。そうすることで世界が回っている。俺はヒーローになりたかったし、自分をヒーローだと思っている。だから、その役割は必ず果たす」

「…………」

「もちろん、白羽くん。怪人たちと関わる君の役割も、唯一無二だ。君にしかできないことを、俺は賞賛する。大事な仲間だと思っているよ」

陽川の言うことは立派だ。ヒーローに相応しい。

志は尊く、理想は高い。

だが、なぜだろう。

言葉にできない危うさのようなものを感じてしまうのは――きっと、理想が高すぎて、足元がおろそかになっているからだろう。

たとえば、陽川はずっと修佑にだけ話している。

修佑の横で、つまらなそうにグラスを傾けるミズクには目もくれない。本人の言う通り、怪人が嫌いなのだろうが――。

今の修佑にとっては、ミズクだって大事な仲間なのだと、そこまで思い至らない。

「……すまない。話し過ぎたな」

「い、いえ」

「あまり口が上手いほうではなくてね。でも君には、理解してほしかったんだ。俺の理想を」

「僕も、陽川さんのことを、応援していますよ」

それは本心だった。

陽川がいつか、自分の危うさに気づいてくれればいいなと思う修佑だった。

「もうこんな時間か。すまない。これから代表取締役と、アルイア対策について話し合わなくちゃいけないんだ」

「こ、これからですか？」

「ヒーローだからね」

陽川は、白い歯を見せて笑う。

「でも大丈夫。雨澤さんや八潮さんの力で、ようやくアルイアの尻尾を摑めそうだよ。楽しみにしていてくれ」

陽川は財布から十数枚の紙幣を取り出して、無造作にテーブルに置く。そして、これで足りるかと尋ねもせずに、足早に店を出ていくのだった。

（……まぶしい人だった、けど）

彼の理想はよくわかった。その一方で、修佑の話はあまり聞いてくれなかった。

時間がないのもあるだろうが、呼び出しの目的は、自分の話をしたかっただけなのだろう。

「……やれやれ、やっと行ったか」

「お金、足りますか」

「釣りも十分すぎるほどあるわ。シュウよ、とっておけ――ああいや」

ミズクは、目を伏せて。

「その金で、もう少しだけわしに付き合え。もう1セットくらいええじゃろ」

「そ、それは構いませんが、ええと、何故」

「わしとてな」

ミズクの耳が、へにゃりと力なく垂れる。

「わしとて、ヒーローは怖い――他の怪人たちの手前、言えぬがな」

「ご、ごめんなさい。今日は無茶を言ってしまって――もうしませんから」

「よい。引き受けたのはわしじゃ。じゃがまあ……今回はだいぶぴえんじゃったの」

ミズクは、深いため息をついたまま、修佑にしなだれかかった。

「……少しだけ、休ませよ。いつもの逆じゃが、ええじゃろ」

「は、はい。ご自由に」

「ナディブラには言えぬのう……」

ミズクの身体は、細く、それでいて熱い。

ミズクに言われるがままに、修佑は彼女の細い身体を支えた。ほんのわずかに、アルコールと獣の匂いがする。

他の怪人たちに見つかり、ズルいズルいと騒がれるまで、ミズクは修佑によりかかっているのだった。


「はあああ～～～～…………！」

そうして、帰宅する修佑。

陽川との会話がなにより疲れた。気さくな人物ではあるが、神経を使う。ソファに全身を預ける修佑である。

「ナディブラさんも、いないか――」

時間はすでに深夜であった。

夕食を作る必要がなくなったので、ナディブラも隣の部屋に戻ったのだろう。いつも世話をしてくれるから忘れがちだが、彼女も多忙な一流商社の社員である。

修佑も、寝支度(ねじたく)をして寝てしまえばいいだけだ。

「疲れたな……」

修佑の疲労は、そのほとんどが陽川によるものだった。

彼の使命感や正義感は尊いものだ。だからこそ、アルイアの件が後ろ暗い修佑は、彼に問い詰められているような気分になった。

このまま隠し通せるだろうか。

アルイアは無事に、八潮アイの蘇生を完了させられるだろうか。

（……そうしたら、どうなるんだろう）

八潮アイが蘇生すれば、アルイアは肉体を彼女に返すだろう。

（データを保存するデバイスさえあれば、アルイアさんは存在できる……けど、媒体によって保存できるデータ量が違うはずだ。どれだけのデータがあれば、情報生命体として存在できるんだろう」

たとえばリクトーのコンピューターならば、本来のアルイアに近い容量は確保できるかもしれない。しかし、リクトーが怪人にそこまでの居場所を提供するだろうか。

しかし、他においそれと、大容量のデータ保存ができる環境があるだろうか。

（どうするつもりなのか……今度聞いてみよう）

八潮アイの蘇生と、その後。

（陽川さんの懸念も、もっともだし――）

ふと、考えた。

八潮アイを蘇生したアルイアが、そのまま別の人間の肉体を乗っ取ることを。陽川との会話のせいで、そんな想像をしてしまった。

アルイアが、人間の肉体に執着している様子はないから、杞憂だと思いたいが――。

（…………）

疲れている頭で考え事をしてしまったからだろう。

スーツを着替えもせず、修佑は微睡み(まどろみ)はじめる。もともと、酒も強い方ではない。

ふわふわとした感覚。睡眠に陥る(おちいる)ときの浮遊感。

面倒なことは全部後回しにして、その眠気に身を任せたい修佑だった。

（……………ああ）

もはや夢の世界に入ったのだろうか。

誰かが、修佑の身体に優しく触れているような。

最近はナディブラもたまにマッサージしてくれるが——少し違う。身体をほぐされているというより、なにかに締めつけられているような。

しかし、これはこれで心地が良い。

布団(ふとん)に包まれるよりも、さらに独特の快楽が——。

「おい」

ぐえ、と変な声が出た。

「いつまで寝ている」

心地よかった締めつけが、突如(とつじょ)、牙を剝い(むい)て襲い(おそい)かかってきた。

肺から全ての空気を押し出されるような、そんな締めつけに、修佑は慌てて目を覚ます。

この感覚には、覚えがあった。

「っ!? ……っ!?」

見れば。

修佑の身体には、巨大なヘビが巻きついていた。こんなことのできる知り合いは一人しかいない。

「シーさん!? お、起きました、起きましたのでっ」

「ふん。寝るなら着替えくらいしろ、とお姉様ならば言うだろうな」

仁王立ちで修佑を睨むのは、海那椎。

しゅるしゅるしゅると、ヘビが海那椎の右手に戻っていく。

彼女は、怪人態ではなく、フィルムを身に着けた状態――褐色肌の女子学生の姿だった。

ただし、右腕のひじから先は色が大きく変わり、怪人態のもの――ウミヘビの頭部状の腕先があらわになっている。

「ふぃ、フィルムは破けてないですか――?」

「右腕部分を脱いだだけだ。気にするな。今ちゃんと着る」

椎が、まるで手袋をはめるような動作をすると――。

怪人の右手が、女学生らしい華奢な形状に変わっていく。リクトーの技術とはいえ、目の前で見るとまるで魔法のようだ。

「うむ、よし、だいぶ上手く着られるようになってきたな」

椎は満足げであった。

修佑の身体には、まだウミヘビの巻きついた跡が残っている。出社までに直るだろうか、とどうでもいいことを考えた。

「ええと、御用は……？」

海那椎──シースネークゾーアは、ナディブラと共に隣室に住んでいる。

戸籍上は、ナディブラの妹として登録している。事実、『お姉様』と慕うナディブラの言うことをよく聞いており、勝手な行動はあまりしない。

学生としての社会生活も、修佑が思った以上に上手くやっているようだ。友人も多く、学校の人気者らしい。

当たり前のように不法侵入してくることにも慣れてしまった。

「聞きたいことがあってな。ミズク様が、貴様はマッサージしてやればなんでも言うことを聞くと言っていた」

「今のはマッサージだったんですね──」

もう少し力を加減してほしかった修佑だ。

とはいえ、椎が全力を発揮したならば、すでに修佑は骨を折られている。彼女なりに加減をしていたことは明白である。

「これについて教えろ」

「……スマホ、ですか？」

差し出された携帯端末。たしか椎のために、ナディブラが契約したものだ。

現代では、学生同士のコミュニケーションにおいて必須なのだろう。最初は慣れなかった椎も、今ではすっかり使いこなしている。

「今日、学校で指示があった。このアプリを入れろと」

椎が、画面を操作していく。

画面に出たのは、リクトー社のロゴ。続けてその下に、『実験用ネットワーク精査アプリ』と表示されていた。

「学校での説明では、このアプリを導入することで、ねっとわーく上の？　異常なアクセスを検知できる……らしい。それで、アステロゾーア幹部の捜索をする、と……」

「そんなものが？」

「アルイア様を捜すためだろう？　というか、なぜ貴様が知らんのだ……？」

「一応、捜索は別部署でして……まだ実証実験の段階のようですし」

「ふん。巨大な組織というのはどこも面倒だ」

椎が吐き捨てるように言う。

彼女も、所属していたアステロゾーアに対して思うところがあるのだろうか。

「で？　これはどうしたらいい？　削除するか？　学校の指示には従ったが、アルイア様の居場所が割れてはまずいのではないか？」

「大丈夫です。今のアルイアさんは人間の身体を借りているので、そのアプリで居場所が判明することはない――はずです」

「そうなのか」

わざわざアプリを作って、ネットワークを監視する。

今はまだ、椎の通う学校でのみのようだが――仮に、国民の多くがこのアプリを導入した場合、アルイアはネットワーク上で逃亡することができなくなる。

アルイアのような巨大なデータ量は、アルイア自身がどれだけ偽装しても、隠しきれるものではないだろう。

開発したのは雨澤だろうか？　アルイアはこのことを知っているのだろうか？

（情報共有、するべきかな）

陽川の言っていた対策とは、このことだったのだ。

陽川がすでに、アルイア捜索のために具体的に動いていることを伝えなくてはならない。

「結局、このアプリ？　がアルイア様に害をなすことはないのだな」

「え、ええ。警戒は必要ですが、ひとまずは」

「ならいい」

椎は、携帯を裏返す。しまうと思いきや、なにやら操作を続けた。

「なにをしてるんですか？」

「メッセージチャットだ。ええと、ロイン？　だかルイン？　だか……」

　有名なメッセージアプリの名前が出てきた。

　画面を睨みつけて、椎はぶつぶつ言っている。

「ええい、こんな深夜だというのに、サラもミナミも、延々（えんえん）とチャットで話し続けているではないか……早く寝ろ、と。よし、送信」

「あはは……使いこなしているようでなによりです。お友達ですか？」

「違う。ただのクラスメイト？　というヤツだ。人間のメスはどいつもこいつも、他人に興味がありすぎる。連絡先も勝手に全部入力された」

　椎は素っ気（そっけ）ないが、友人を気にしているのは明らかだった。

　そうでなければ、クラスメイトの睡眠時間まで気にしたりしない。

「人間はコミュニケーションをとらなければ死ぬのか？　こんな機械まで使って、いつまでも延々おしゃべりとはな」

「社会性の生物なので……まあ、いつもナディブラさんのことを考えているシーさんのようなものです」

「私がお姉様を想う気持ちと一緒にするな！　――一部、通じるものがあるのは認めるが」

　椎はスマホをぶるぶると振る。

「私はアルイア様ではないからな、機械の価値はよくわからん」

「──シーさんは、アルイアさんとは仲良しなんですか？」

「仲良しって……アステロゾーアは厳格な組織だったのだぞ。怪人同士の関係は、人間のメスのような軟弱な関係ではない」

その割には、椎もナディブラにべったりの様子なのだが。

「正確に言えば、私はアルイア様のことはよく知らぬ。中枢コンピューターに存在していたことは知っているが、無駄なことを話す方ではなかった」

「……そうなのですか？」

「八潮アイとやらの影響を受けたのだろう……アステロゾーア時代から、大きく変わっているのは事実だ」

アルイア自身も言っていた。

自分を、八潮アイとの記憶で補完しているので、影響が強いと。

「だが、どうあれ電子生命体。情報の集積だと、ナディブラ様は言っていた」

「……」

「人間は社会性の生物と言ったな。確かにそうだ。つまりネットでもなんでも、正しくコミュニケーションがとれれば同族とみなすということだ」

椎は、スマホを見せる。

まさしくそのデバイスが、コミュニケーションツールの最たるものだ。人間相手に、コミュニ
ケーションできたと『錯覚』させることなど、造作もないだろうな」

「……錯覚、なんでしょうか？　彼女は真面目に、八潮アイさんのために行動しています」

「さあな。実際はどうあれ、貴様ごときには、アルイア様の思惑など見抜けんということだ」

椎は鼻で笑う。

「貴様なぞどうなってもいいが、お姉様が貴様を気にしている。アルイア様とも良好な関係を
保っておけよ」

「は、はい、肝に銘じておきます——シーさんも、学校、がんばってくださいね」

「言われなくとも無遅刻無欠席だぞ！」

椎が胸を張る。

怪人態を反映しているのか、学生らしからぬ胸の大きさに、思わず修佑は目を背けた。

（……馴染んでいるんだけどな、こっちは）

椎は、危険な怪人だった。修佑が襲われたこともある。

だが、彼女の学生としての適応ぶりは、実に見事なものである。人間社会を学ぶ学校で、ス
ポンジのように新しい知識を吸収しているのかもしれない。

（アルイアさんは、どうなんだろう）

彼女も、データを集めて自分のものにするＡＩだ。

学習能力、適応能力は高いように見える——だが、それゆえ椎の言う通り、見えているだけなのだとしたら。

「おい」

考えに耽(ふけ)っていると、ジト目の椎が。

「また他の女のことを考えているな。お姉様に言いつけるぞ」

「そ、それは勘弁(かんべん)していただきたいです……」

「ふん。恥知(はじ)らずめが。邪魔したな」

椎はさっさと修佑の部屋を出ていく。カギをかける音がした。いつの間にか合鍵(あいかぎ)まで作っているらしい。

椎が出て行ってから、修佑はふと大きく息を吐いた。

（……なんだか、いろんなことが動きすぎている）

アルイア自身も。アルイアを捜す陽川も、大きく動いている。

図(はか)らずも両方の動向を知れる立場にいるのは、修佑であった。修佑がなにもしていなくとも、中心部にいる。

（それじゃ、ダメだ。僕も行動しないと）

ナディブラがなにも告げずいなくなった時のように、浅慮(せんりょ)な行動で、とんでもない事態を引き起こすかもしれない。

今のうちにできることはしておこう、と修佑は心に決めた。とりあえずアプリのことをアルイアに伝えなければ。

――ふと、ナディブラの顔を見たいな、と修佑は思った。

忙しくてナディブラに全然会えていない――彼女と言葉を交わすだけで、活力が湧いてくる気がした。

落ち着いたら、二人でただ他愛のない話をしよう。そう思う修佑だった。


次の日。

修佑はあえて、深夜まで残業した。アルイアも一緒である。どうしても仕事が終わらない体を装った。

新人を遅くまで残らせるのは、普通の会社であるなら管理職から文句の一つも飛んでくるだろうが。

リクトー社はブラック企業なので、むしろ当然のことのように受け流された。最近、アルイアが修佑につきっきりで仕事をしているせいもある。

社内でもすっかり二人一組だと認識されているのだった。

「ええ、アプリのことは存じています、よ」

「アプリ制作のプランは、私からヒートフレアに提出したもの、なので」

「あ。まさか、この前の提案書……」

「はい。ですが、こんなに早く実現するとは思わなかったです、ね。やはりリクトー社の技術水準は、どうかしているとしか――」

「時間稼ぎのつもりだったんですか？」

「はい。国民全体にダウンロードさせる、アルイア捜索アプリ。開発や、政府との調整に相当な時間がかかる、と判断したのですが、ね」

　深夜のオフィスで、アルイアはＰＣを操作しながら、平然と答える。

　対する修佑は仕事どころではなかった。アプリはアルイアの発案だったのだ。

「……結果的には、捜索網が強化されてしまいましたね」

「はい。まもなく、アプリは全国的に導入されるでしょう、ね。そうなれば八潮アイのスマホに逃げたような身の隠し方は絶対にできません。リクトー社のＰＣにもインストールされれば、アルイアとしてのアクセスすら不可能になり、ます」

「――――――」

「私がとれる選択肢は、大きく減ってしまいました、ね」

　アルイアは、悲観した様子もなく、淡々と告げる。

「アルイアさん……」

「職場では、八潮アイでお願いします、よ。どこかでうっかり、言ってしまうかも」

「ええと、八潮さん――少しだけ、様子を見てみませんか。今、積極的に行動するのは良くないと思います。先日のように、オフィスをハッキングしたりは――」

「はい、あの手段はもう使えません、ね。ですが、時間もないのです」

アルイアは首を振って。

「時間が経てば経つほど、アルイアは警戒されるでしょう。雨澤さんは優秀な女性です。これからどんどん、アルイア捜索に有効な対策を打たれる。私も社員として潜り込んでいるので、時間稼ぎの提案ばかりはできません、から」

「でも……時間が経てば、いつか警戒も緩むかも」

「ヒートフレアとリクトー社は、そんなに甘いです、か？」

冷静に反駁され、修佑は言葉に詰まる。

リクトー社は、勤める企業としては最悪だ。だが、怪人を追い詰める正義の企業という点においては、一切妥協がない。

それはつまるところ。

中心となるヒーロー・ヒートフレアの矜持によるものだろう。陽川が諦めない限り、怪人たちをどこまでも探し続ける。

「それに、この肉体を、八潮アイに返すにも、リミットが存在します」

「え？」

「あまりにも長い時間、アルイアがこの肉体を使っていると、八潮アイの意識を戻したときに、記憶に齟齬が生まれる可能性があります。今はアルイアが話していますが……たとえばこの記憶を、八潮アイが目覚めたとき、違和感のないものとして操作しなくてはなりません、ね」

「操作――ですか」

「休眠期間の記憶が増えるほど、操作量も大きくなります。アルイアがこの肉体を長く使えば使うほど、目覚めたときに記憶の齟齬が大きくなる。なるべく影響は抑えたいところです、ね。だからこそ、急がなくては」

「そんな……」

　修佑は、リクトーの記憶処理装置を思い出す。

　あれもまた、多用すれば脳に悪影響がある。同じ理屈で、記憶を操作し続ければ、八潮アイの蘇生にも影響があるということか。

「でも、ヒートフレアに知られたら」

「はい、ミッションは困難を極めます、ね。だからといって、諦める理由にはならないのですが」

「どうしてそこまで――」

　ミズクは、初め疑っていた。

アルイアは本当に八潮アイを蘇生するつもりがあるのか、と。修佑もその点は冷静に見極めなければならないと思っていた。

だが、いま言葉を交わして、修佑は確信した。

こうして話しているアルイアは、間違いなく、八潮アイの蘇生を願っている。自分のことよりも、八潮アイを優先している。

それは――ヒートフレアを恐れず、修佑を好きだと言い続けたナディブラと似ていた。この場合は、恋愛ではなく友愛なのだろうが。

(でも……これも)

だが、椎との会話も思い出す。

こんなアルイアもまた、情報生命体アルイアの、コミュニケーションの成果なのだろうか。真摯(しんし)に八潮アイのことを考えるアルイアが、ただのＡＩにおける情報出力と同じとは、修佑には思えない。

(はっきりとした感情、自我があるように、見えるけれど――)

見極められず、修佑はただじっとアルイアを見つめるしかなかった。

「……というわけで、先輩」

「はい」

「来週、一緒にデートをしませんか?」

「はい？　……はい？」

アルイアは、かすかに笑う。

無表情なくせに、笑う仕草だけはやたらと人間らしかった。

「一緒にデートをしましょう、ね。先輩」

第三章 ―― 26.5%（既婚男性の浮気率）

Yoshino Origuchi Presents
Onna Kaijin san ha Kayoi Zuma

水曜日の休日、という響きは、ブラック社員ならずとも魅力的だ。

その日、修佑は、数年ぶりに溜まっていた有給休暇を使った。水曜日、週のど真ん中に、である。正確に言えば、アルイアの強硬な主張によって半ば強制的に休まされたのだが。

『白羽先輩は私とお出かけしますので、部長、有休を認めてください、ね』

などと上司に直談判したのだから、修佑としては胃が痛い。

部内でも早々に人気者になっている八潮アイに言われては、部長としても拒みにくかったのか、しぶしぶ認められた。

明日以降、嫌がらせで大量の仕事が降ってくるだろうが、もはやそれは諦めている。

そんなこんなで、修佑は平日にもかかわらず、アルイアと遊園地にやってきていた。

都内でも有名な都市型遊園地である。ビルばかりの風景のなかに、突如としてジェットコースターや観覧車などが現れるのは、この手の遊園地の特徴だろう。

「デートです、ね。先輩」

「あの、この遊園地、ヒーローショーをやっている……」

「デートです、よ。先輩」

アルイア＝八潮アイが、修佑に腕をからめて、そう主張する。

都内でも有名な遊園地ではあるのだが——なにを隠そう、この遊園地の、メインとなる出資元はリクトーである。

アルイアになにか、裏の目的があるのは明白だった。

『このたびはリクトー東京ヒーローシティにお越しいただき、まことにありがとうございます。ヒートフレア・ヒーローショーをご観覧のお客様は、開演前にチケットをお買い求めくださいませ……』

『ただいまリクトーから、皆様へアプリ登録のお願いをおこなっております。怪人捜索のため、日本の安全と平和のために、どうかご協力をお願いいたします』

園内に響くアナウンスも、思いっきりリクトーのものだった。まったく休みの気がしない修佑である。

そしてすでに、アルイア捜索アプリは実用化されてしまった。この遊園地のみならず、テレビのCMでも、インストールを勧めるCMが時々流れている。

アプリのインストールは国民の自由意志だが、特にデメリットのないアプリを一つ増やすだけのことで、大した手間もかからない。アルイアに対する包囲網が少しずつ狭まっているのを感じた。

そして、もう一つ——。

修佑には懸念点があった。

「すみませんアル——八潮さん、さっきから後ろからの圧がすごいんですが」

「今までデートの一つにも誘わなかった、負け組海洋生物のことなど気にしてはダメです、よ」

「そう言われましても——」

背後からの視線がすごい。

振り向かなくても、じいいと見られているのがよくわかる。

修佑たちの後をつけているのは——デートだと聞いて烈火のごとく怒り、わざわざ同じ日に休みを取ったナディブラ（人間態）である。

柱の陰に隠れつつ（隠れきれていないが）、無言でこちらをじっと見つめてくるのでなんとも居心地が悪い。

そして付き添いなのかなんなのか、ミズクとシースネークゾーアの姿もある。こちらは修佑のデートに興味がないのは明白で、ミズクは椎にソフトクリームを買ってあげていた。

「さすがに無視するのは申し訳ないというか——」

「ダメです、よ。職場でもさんざん、アピールしてきたのですから。今日は、私と、デートの日です」

「心苦しい……胃が痛い……」

休みの日でもなぜ、こんなにも胃痛を感じなければならないのか。

嘆く修佑とは対照的に、アルイアは積極的に、ぐいぐいと修佑の手を引いた。

「さあ、行きましょう。まずはなにから見ましょうか。やはり目玉の――ヒートフレアのヒーローショーから見ますか。社員割が使えますし、ね」

「普通はアトラクションからでは……」

「ヒートフレアと握手もしましょう。変身ベルトも買います、か？」

「買いません――」

女怪人が、なぜかヒーローショーを見たがっている。

修佑は全てを諦めて、アルイアの方針に従うことにした。彼女の目的を聞いてからでも遅くはないだろう、と判断した。

それと、ナディブラとは後できちんと話そう。

「楽しみです、ね、先輩」

そう言って、アルイアは小さくほほ笑む。

それだけ見ればただ、休日、遊園地を楽しみにしているだけの少女なのだった。

「みんなーっ、アステロゾーア怪人が現れたわっ。でも心配しないで！　大きな声でヒートフレアを呼びましょう。いくわよーっ！　せーの……っ！」

「「「ヒートフレアーっ!!」」」

屋内型のステージの中。

司会のナレーターと、子どもたちの声が響く。

ステージでは派手なスモークとライトの演出。そしてスモークの向こうから、赤い装甲をまとったヒートフレアが現れた。

『待たせたな、みんな！　俺を呼ぶ熱い心の炎、確かに聞き届けたぞ！　ここが正義の臨界点、光の戦士ヒートフレア、推参ッッッッ！』

キメポーズをとって、剣を構えるヒートフレア。

最前列の子どもたちの熱気も最高潮である。

もちろん演じているのはリクトー社のスーツアクターであり、セリフは陽川煉磁が事前収録したものだが——何度もステージをこなしているアクターの動きは、陽川のボイスと一切違和感がない。

陽川も収録時にノリノリだったのか、滑舌よりも熱い演技を重視しているようだ。それがまた臨場感を増す。

『みんなが楽しむ遊園地に現れるとは——電子怪人アルイアめッッ！　絶対に許さない！　ここで俺が燃やしつくしてやるぞッッ！』

『グゲゲ、現れたなヒートフレア。だが、子どもたちは俺様のものだ。お前を倒して、この遊園地も支配してやるぞ。ギャオオオオオオ――――ッ！』

そして。

今回のステージの敵役は、なんとアルイアだった。

しかし共通するのは名前だけ。姿かたちはリクトーのデータベースにもないせいか、アルイアは二足歩行の恐竜のようなビジュアルにされていた。本来のアルイアの面影など、当然どこにもない。

このステージにおいては子ども向けに、非常にわかりやすい悪役として設定されている。そういえば、どこかのヒーローショーのスーツを流用したという話を聞いた覚えがあった。

自分の名前が勝手に使われていることに。

修佑の横に座るアルイア本人が、顔を覆って嘆いていた。

「あんなのじゃない……私、あんなのじゃない、もん……！」

実際に泣いているわけではないが、かなりショックだったようだ。

口調も大いに乱れている。

「すみません、有名な敵幹部で、かつ姿をこちらで自由に設定できる点で、融通が利いたみたいです」

「……肖像権の侵害で訴えましょう、ね」

「絶対にやめてくださいね」

よほどショックだったらしい。ショーを見たいと言ったのはアルイアなのに。

「外見にこだわりがあるのですか、やはり?」

「以前はなかったのですが、今の私は、美少女、美少女ですので、ね。安易に怪獣にされてしまうのは納得がいきません、ね。子ども向けとはいえ、少々設定が安易なのでは?」

「制作側にも色々と都合があるのだと思います……」

予算。時間。わかりやすさ。ショーの持続性、などなど。

三十分もないヒーローショーに、無限にリソースを使うわけにはいかない。そもそもこの遊園地運営だって、常(つね)に資金繰りに苦労しているリクトー社の宣伝なのである。ヒートフレアの活躍を通して、リクトーが社会のために働く会社だと知らしめるための施設だ。

その証拠に、ショーのステージの周辺では、いたるところでヒートフレアの変身ベルトや、武器のオモチャが売られている。あわよくば資金回収もしたい、という上層部の思惑(おもわく)が見える。

(自転車操業なのに、遊園地運営なんてするなよ……!)

一社員の修佑としてはそう思う。

しかし、自社のアピールは大事だ。ショーの司会をする女性も、リクトー社広報部の女性だろう。

この遊園地全体が、リクトー社の広報にとって大事な場所なのだ。

「……持ってます、ね」

アルイアもまた、司会の女性をじっと見つめていた。

「司会のお姉さんも、記憶消去装置を」

「……ええ、そうですね。遊園地は不特定多数の一般人が来ます。基本的に機密とは無縁の場所ですが、万が一、怪人のことを一般人に知られる可能性もありますから」

司会の女性の胸ポケットに刺さっているのは、記憶消去装置だ。

彼女だけではない。この遊園地で働くリクトー社員も、何人かは携帯する許可を得ているはずだった。

『極光銃剣、電磁最大！　輝け七色の光！　俺の正義が熱く燃える！　くらえアステロゾーア、臨界――スラァァアッシュッッッ！』

『グオアアァァアア――ッ！』

ステージは佳境だ。ヒートフレアが鮮やかな動きで敵怪人を倒していた。

子どもたちは大盛り上がり。修佑の隣に、本物の敵怪人がいることなど知る由もない。

「……やはり、記憶消去装置が目当てだったのですね」

つまるところ。

アルイアが今日、デートしようと言ったのも、ヒーローショーを見たいとせがんだのも、記憶消去装置をチェックしたかったからだろう。一般に開けたこの遊園地で、どれだけ装置を携帯している社員がいるか、ということを。

アルイアは焦（あせ）っている。

八潮アイを早く蘇生（そせい）させるために。唐突（とうとつ）なデートの提案も、それが理由だったのだ。

「アルイアさんは……なぜそこまで八潮さんにこだわるのですか」

ふと、修佑は前から気になっていたことを聞いた。

周囲に聞かれないよう、小声で。

「八潮さんと友人だったから、というのは理解しています。しかしそれでも、自分の危険を顧（かえり）みず、友人を助けるというのは——人間同士でさえ、なかなかできることではないはずです」

「…………」

「疑っているわけではないんです。ただ知りたいんです——あなたの強い気持ちの理由を知れたら、僕も、今よりお手伝いできるかもしれません」

「——手伝えますか？　白羽先輩」

アルイアの声音（こわね）は真剣だ。

「もしそれが、リクトー社を裏切ることになっても？」

アルイアの質問もまた、核心を突いたものだった。

社畜でしかない修佑が、リクトーよりも怪人をとったら——それは背信行為に他ならない。

会社も、自分を信頼してくれた陽川も裏切ることになる。

それはそうなのだが。

「すでに企業スパイのようなものなので——それに、怪人さんの力になるのが僕の業務ですから。とことんまでやりますよ。どうせどれだけ働いても給料は変わらないですし」

修佑は諦めたように息を吐く。

「会社から評価されないなら、しっかり怪人さんたちの力になりたいので」

「——なるほど、ね。ナディブラたちに、先輩が信頼される理由、理解しました」

アルイアは、ステージを見つめる。

ステージでは、子どもたちとヒートフレアの握手会が始まっていた。列をなす子どもたちが、満面の笑みでヒートフレアと握手を交わしている。

「子どもとは、いいものです、ね」

唐突にアルイアが言い出す。

「子ども好きなんですか？」

「はい。子どもどころか、私の故郷——ここことは違う次元世界には、そもそも一切人間がいませんでした、から」

「え？」

「大変進んだ文明世界であり、この世界の『人間』に相当する存在もいたはずですが、私が電子生命としての自我を得たときは、すでに人間は滅んでいました。しかし私は優秀な人工知能でしたので、遺された大量のデータを収集して、より膨大な情報集積体となっていきました。私は滅んだ世界で、単一存在の『人間』を自称していたの、です」

「――――」

「他に生命のいない中、全てのデータを掌握し、自我の生まれた人工知能。ただ一体だけの『人間』、それがアルイアだったの、です」

アルイアは、遠くを見つめている。脳裏に浮かべているのは、故郷なのだろうか。

「機械の残骸が大量に残る世界でした。私はその世界の情報は全て食べつくしてしまったので、さらなる食事――新たなデータを求めていました。そんな時、次元を渡り歩くアステロゾーアと出会い、傘下に加わったのです。新たなデータを求めて、より自己を高めるために。もっと言うなら、『人間』としての完成度を高めるために、ね」

「……人間に、なりたかったのですか」

「いえ、私は自分のことを『人間』だと思っていました。世界にただ一つの知的生命体だったので。しかし、この世界にたどり着いて。この世界の人間を見て。私は、『人間』に対するデータを大きく更新しました。端的に言えば『人間』には社会性が必要だと判断したの、です」

社会性。

それはそうだ。どれだけすごい生命体であっても、たった一人しかいないのであれば社会性が生まれる余地はない。

「アステロゾーアもまた、社会性という点では致命的でした。幹部たちの目的の不一致は、尋常ならざるものがありました。特にジャオロンとナディブラは、お互いに反目していた。社会性など、誰も持っていなかった。正直、白羽先輩と共にいる今のほうが、怪人たちは団結していますね」

意外な指摘だった。

修佑は、ヒートフレアがアステロゾーアを壊滅させたとばかり思っていた。怪人たちもそう認識している。

だが、もしかすると、ヒートフレアはきっかけ、最後の一押しに過ぎなかったのか。

アステロゾーアは、元々、組織として限界だったのではないか。

アルイアの話から、そんな印象を受ける修佑だ。

「私は、私の認識した『人類』になりたい、です。そのためには社会性が必要であり、社会の一員になることが必要なのです」

アルイアは、ヒートフレア役を演じるアクターを見る。

「社会の一員になるとは——役割を果たすこと、です」

「役割……」

不思議なことに、陽川からも同じ言葉を聞いたばかりだ。

「ステージのヒーローも、そう、です。彼はアクターで、ヒートフレア自身ではないですが、役割を演じることで、子どもたちから『ヒートフレアだ』と認識される」

確かに陽川煉磁ではないが、ステージ上で子どもたちと握手しているヒートフレア。

アルイアが指すのは、握手をしながら記念撮影をしている瞬間、彼は紛れもなくヒートフレアだろう。

「私も、人類としての役割を果たし、他者から『人類』だと認識されたい。そのために八潮アイの蘇生に全力を尽くします、ね」

「……それは、どうして？」

「だって『友達』は、友達を助けるものでしょう？　仮に自分の身に危険が及んでも……私は、八潮アイの、『友達』なのです、から」

アルイアは、八潮アイの『友達』という役割を全力で果たしたい。

だから、自分の身を顧みず、助ける。

それは――ヒーローの役割を果たしたいと言った陽川と、どれだけの差があるのだろう。

仮にそれが、人工知能が多様な情報から導き出した結論だったとしても――人間の語る友情と、いったいなにが違うというのだろう。

「八潮アイが蘇生したときに。私もまた情報集積体アルイアではなく、本当に――一体の人間、友達として、八潮アイとお話しできたら。素晴らしいです、ね」

修佑は目を閉じた。

アルイアの決意は本物だ――嘘偽りない、友情があるのだと思った。

役割を演じるのだとしても、データの集積だとしても、その結論は自分の知る友情と遜色ないと、修佑は判断した。

「自分の役割を果たすこと。日本語にはいい言葉があります、ね。『役に立つ』――という」

人は一人では生きられない。

社会において、自分の役割を得たいと思うのは当然のことだ。

誰からも承認されないまま、黙々と作業をこなして平然としている人間は――皆無ではないが、ごく一握りだろう。

「それが、理由です、ね。身勝手な理由かもしれませんが――」

「いえ、よくわかりました」

インターネット――特にＳＮＳは、承認欲求のぶつかり合いともいえる。

ネットワーク上に存在するアルイアが、『役に立つ』ことを通して、人間として認められたい、承認されたいというのは、ごく自然な感情なのかもしれない。

ましてそこに、八潮アイの命までかかっているなら。

「ありがとうございます。話してくれて」

「いえ……」

「僕も覚悟を決めたいと思います」

修佑はここにきて、拳を握った。

怪人たちを社会に参加させること。それが修佑の仕事だ。アルイアが、八潮アイの蘇生をもって、社会の一員になれるというなら――。

全力で手を貸すべきだ。そう判断した。

「頑張りましょう、一緒に」

「はい。それはとても嬉しいです、ね――では早速」

アルイアはすっと立ち上がる。

「ショーも終わったことですし、そろそろちゃんと、デートを再開しましょう、ね」

「え……」

「次の行き先は――バックヤードの見学です、よ」

そう言って、アルイアはじっとステージを見る。彼女の目線が、記憶消去装置に向けられているのは明白だった。

「ナディブラ様！　クラスメイトが来ました。共に遊んできてもよろしいですか!?」

修佑とアルイアが、ショーを見ているころ――。

ナディブラは、遊園地のフードコートに座っていた。ショーが行われる施設の出入り口を見張るためである。

椎が無邪気に声をかけるが、ナディブラは一瞥さえしない。ただ一言も言わずに、紙幣を数枚、椎に手渡した。

「ありがとうございます！」

軍資金を手に入れて、椎は一礼してから駆け出していく。

「よし、サラ、ミナミ！　なんでも乗るぞ！　片っ端から乗るぞ！」

「椎ちゃんのお姉さん、美人だね」「しかもやさしー」

「そうだろうそうだろう！　もっと褒めろ！」

椎が友人とはしゃぐ声が聞こえてきた。すっかり遊園地を堪能している様子だ。

「学校にずいぶん馴染んでおるなあ、シーのやつ」

「そうですね」

あくびをかみ殺すミズクと、やはりそちらには目もくれないナディブラ。

ナディブラが見ているのは、ひたすら、修佑がいるはずのショーステージ施設である。『ヒートフレア登場！　キミもヒーローと握手！』という謳い文句が目に入る。

「ナディブラよぉ、ちょっとシュウに執着しすぎじゃないかの？　でぇとくらい構わんじゃろ」

「構います！　私だって！　私だってデートしたことないのに！」

「マジキャパいのう……」

ミズクはため息をつきながら、必死な様相のナディブラを見つめている。

「おおらかになれ。別にどんだけ女を作っても良かろうが。野生では強い個体が全てを手にする。モテる男の必然じゃし、お主の故郷だって同じじゃろが」

「それは――たしかに、魅力的な女性は、複数の男性と『同化』していましたけど……」

修佑が聞けば震えあがるような事実を、さらっと告げるナディブラ。

「そう。ツガう相手を得られるのは強き者。野生は弱肉強食――なんじゃが、まあ、人間社会はそうはいかんわな。彼ぴだの、一夫一妻だの、縛りが多くてマジメンドーじゃ」

「ううう、非効率ですよね。やっぱり同化が一番てっとり早い……」

「そういうとこが、さげぽよなんじゃよなあ」

ミズクは呆れるしかない。

ナディブラは、自分の感情に戸惑っている。それ自体はまるで人間のようだが、やはり根本は人間とは違う生物なのだ。

（シュウとの関係で生まれた嫉妬を、まだまだ持て余しとる――）

その様子が手に取るようにわかる。

アルイアのデートで慌てふためく様は、初恋に揺れる女子と大差ない。いや。精神面が未成熟であることを考えると、もっと悪いかもしれない。

（人間のことをより深く知った、といえば聞こえはいいがの――）

不安定になったと見ることもできる。

ミズクは友人として、そんなナディブラが心配なのだった。

「だから落ち着かぬか。関係性でいえばまだまだ、お主がシュウの好きぴじゃからな。ここは余裕をもって……」

「でもぉ、男は浮気する生き物って……！」

「浮気もまた人間特有の文化じゃろ。振り回されるな。アルイアには、シュウと本気でツガう気などないわ」

ミズクは確信を持って告げる。

アルイアの目的は別にある。修佑との親密な仲も、そのための演出に過ぎない。

（ま、元が電子生命体じゃからな。生殖本能は少なめじゃろ）

ない――と言えないのが人工知能の怖いところだが、ミズクの見立てでは、アルイアに生殖本能に付随する恋愛感情が芽生えるのはまだまだ先のことに思えた。

「ナディブラは立派に、シュウの通い妻なんじゃから、それでええじゃろ」

「――なんかそれって、不安定な立場じゃないですか？　彼女とか、ちゃんとした妻とかじゃないんですか？」

「じゃあ、お主が踏みこんで告って付き合えばええじゃろ」

「そ、そんな大胆な!?　ううぅぅ～～～～ッ！」

「なんで頭抱えとるんじゃ」

ミズクは呆れる。

(ダメじゃこやつ……同化以外の愛情表現を知らぬ)

結局、ナディブラは関係を進展させることもできず、デートをストーカーする怪人と化すのであった。

これはヤバい、とミズクは思う。

真っ当な人間の恋愛ができる怪人がいない。その負担はきっと修佑に向かうだろう。

「……ミズクちゃん、私、わかりました」

「なにがじゃ」

「なんで彼女とか、妻とか、人間は関係性ごとに名前をつけるんだろう——って。そういう肩書きがないと、不安定で、耐えられないんですね」

「そりゃそうじゃろ。お主が通い妻で満足できない限りはな」

「早く結婚したい……」

「それはとりあえず、段階を踏め。告れ」

「ムリィ……」

フードコートのテーブルに突っ伏して、いじけるナディブラであった。新鮮なのでもう少し見ておきたいと思う。

「どいつもこいつも、役割に縛られとるのう……」

「ミズクちゃんは、そういうの、気にならないんですか」

「どうあれわしは自由な獣（けもの）よ。群れる生き物ならともかく、孤独にして孤高の狐なのじゃ。好きな時に食って、遊んで、交尾するフリーな生き方じゃ」

「シュウさんに手は出さないでくださいね！」

「うかうかしとると、わしが寝取るぞ」

にやにやしてナディブラを眺（なが）めるミズクであった。ナディブラは恨（うら）みがましい視線をよこしてくる。

「第一、関係を進めるには――お主、シュウに話さなくちゃならんことあるじゃろ」

「…………」

「アステロゾーアのこと、どうするんじゃ。とうとうシュウのところにアルイアまで来よったわ。これだけ幹部が集まって、ジャオロンが黙っとるとは思えぬ」

ミズクは、手にしたドリンクを飲み干す。

ナディブラからの返事はなかった。彼女もよくわかっているのだろう。このまま放置すればどうなるか。

「残党は戦力不足。我らがイデア様は、いつまでもおねむじゃ。ジャオロンが接触してくるのは時間の問題じゃろ。改めて傘下（さんか）に加われと言ってくるぞ」

「はい、わかっています――」

「下手を打てば、シュウも無事ではすまぬぞ」

ナディブラが目を背けていた事実。

どうあれ、裏切った組織との関係は免れない。

いや、今までは、ナディブラにとってはどうでもよかったのだ。なにしろ修佑を同化してしまえば、アステロゾーアのことは自分で処理してしまえばいい。一心同体になれば、修佑の巻き添えを気にする必要はない。

だが、ナディブラはもう同化を諦めた。

修佑と対等な関係で生きていくと決めた。ならば、ナディブラにつきまとう問題は、修佑の問題となって降りかかる。

ましてアルイアも来てしまえば、もはや修佑は、怪人の一大勢力の中心である。アステロゾーアをいまだに名乗り、戦力増強を望むジャオロンは必ず接触してくる、とミズクは確信していた。

「こういう時、どうしたらいいんでしょうか」

「決まっとるじゃろ。バイブスぶちあげでオールじゃ」

「……なんて？」

「腹を決めて夜通し、自分のことを話せ、と言ったんじゃよ。お主が何者なのか、どうしてアステロゾーアにいたのか、そしてこれから、どうするつもりなのかを、な」

「最近話す時間がとれないんですぅ〜〜〜ッ！」

ナディブラは再び嘆いた。

アルイアに関わっているせいで、修佑は今までにも増して忙しい。やっと休みを取ったと思ったら、こうしてアルイアとデートである。

（これは、苦労しそうじゃな……）

ナディブラは、修佑を同化しないと決めた。

しかし——もしかすると、ナディブラの内臓になっていたほうが、修佑にとってもラクだったかもしれない。そんな風に思うミズクだ。

なにしろこれから、一から恋愛を学ぶナディブラを相手にしなければならないのだから。

「あ、ショーが終わったみたい」

凹んでいたナディブラが顔を上げる。

ショーの施設からは、親子連れを中心とした客が出てきた。その中に修佑がいるはずだと、嬉々として捜すナディブラである。

自分の感情に振り回されても、修佑を想う気持ちだけはブレないのがすごい、とミズクは思うのだった。

「——あれ」

「どうした、ナディブラ」

「なんだか――シュウさん、いないみたいなんですけど」

「なんじゃと」

最後の客が外に出たのを確認して、ナディブラが困惑する。

「――シュウさん、アルイアちゃんと、どこに行っちゃったんでしょうか？」

ナディブラの声は、深海の水よりもなお冷たい。

尻尾を幻術で隠していなかったら、きっと恐怖で毛が逆立っていた――そんな風に思うミズクであった。


「まあ、これはこれは。お二人ともお揃いだなんて」

ステージを見終えた修佑とアルイア。

修佑はそのあと、アルイアの求めるままに、バックヤードに入る許可をもらった。

二人の社員証もあり、あっさりとバックヤードに通してもらえた。

そして、そこで出会ったのは――。

「雨澤さん、どうしてここに？」

最近、陽川とよく一緒に行動している雨澤だった。

「はい。アルイア捜索アプリの件で――遊園地の職員にも、アプリの仕様を知ってもらおうと説明に来たのです。あとは、遊園地のコンピューターにも、アプリを導入しておかねばならないので、そちらの作業も」

「お、お疲れ様です」

「いいえ、とんでもない」

雨澤は、メガネの奥でほほ笑みを浮かべる。

一見するとクールビューティに見えるが、笑顔には独特の幼さが見えた。職場では意図したクールさなのかもしれない。

本当に顔の変わらないアルイアとは対照的である。

「お二人はどのようなご用件で？」

「ええと……万が一、遊園地に怪人が襲ってきた場合のセキュリティチェックですね。実は休みなのですが、二、三気になる点がありまして——」

「ふふ。お休みの日に仲良くお出かけしてるのに、お仕事までするんですか？」

デート中であることは見抜かれている。

もっとも、アルイアがそう見えるように仕組んでいるのだが。

「羨ましいですわ。私など、ずっと仕事、仕事で。男性と遊園地なんて縁がなくて」

「陽川さんとは？」

アルイアが突っ込んだ質問をした。

確かに、二人が並べば、美男美女でお似合いに見える——が、そこまであけすけに尋ねる勇気は修佑にはなかった。

「あの人は、そもそも女性に興味がありません」

雨澤は、深くため息をついた。

彼女も、オペレーター部の他の女性社員同様、陽川に好意を寄せているのは明白だった。

「彼――陽川煉磁の興味は、自分の中の『正義』『ヒーロー像』だけ。どれだけ優秀でも、根っこは小学生男子と変わりありません。一緒に遊園地なんて、とてもとても」

「ご、ご苦労なさってるんですね……」

「まあ、私ったら、つい変な話を」

雨澤は口元を押さえた。照れているらしい。

「私はもう行きますけれど、白羽様、八潮様、頑張ってくださいませ。特に白羽様にはどんな活躍を見せていただけるか、私、とても興味がありまして」

「え、活躍――ですか……?」

何の話かわからず、首をひねる修佑。

「あら？　別部署の方から、数々の怪人をなんなく調教してみせる、凄腕の対策部社員と聞いておりましたけれど――」

「調教!?」

「うふふ、恐ろしい怪人も手なずける白羽様なら、アルイアもきっと社会貢献させられますわね。それでは――」

言うだけ言って、雨澤は颯爽と去っていった。

できるキャリアウーマンという感じの雨澤からそんな話を聞いて、修佑は頭を抱える。間違っても冗談など言うタイプではなかった。

「白羽先輩、有名人なのです、ね」

「有名になった記憶がないんですが……」

困惑するしかない修佑である。

（よその部署でどんな噂になっているんだろう――）

必死に働いているだけなのに、なぜこんなことに。

そんな思いを抱えながら、修佑はアルイアとバックヤードを進んでいく。狭い通路にはショーで使うのだろう小道具や照明器具などが乱雑に並んでいた。

「――ありました、ね」

そして。

リクトー社製の記憶消去装置が、小道具などと一緒に、これまた乱雑に並べられている。本来は厳重に保管しなければならないものだ。遊園地側は管理の甘さを指摘されても文句は言えまい。

「ちょうどよかった。一本拝借します、ね」

「拝借って……」

「本社では管理が厳重でしたので。ここなら持ち出しても気づかれません、ね」

「まずいですよ、それは――」

携帯するにも許可のいる代物だ。上司にバレたら厳罰も免れない。

修佑は止めるが、アルイアは構わず、記憶消去装置を懐に入れた。

ペン型の携帯デバイスなので、目立たないのは確かだ。だが、いずれは発覚してしまうだろう。

「全てが終わればまた戻しに来ます、よ。今は見逃してください」

「待ってください。装置の紛失があれば、この状況で真っ先に疑われるのは僕らですよ」

バックヤードでは、次のステージの準備なのか、慌ただしく職員たちが行き来している。

修佑は周りに気づかれないように、小声で囁くしかない。

「その前に、解決します、から」

「解決って――」

「この装置を解析し、その技術を用いて、蘇生を目指します。ここは見逃してください、先輩」

修佑はしばらく沈黙した。

八潮アイの蘇生に協力する、と決めたばかりだ。アルイアの気持ちもわかった。だからといって、なにもかも見過ごせるわけでは――。

「あとで事後申請の書類を書いておきます」

「？」

「やむを得ない理由があって、緊急で僕が一本、借りたということにします。部長から問い詰められる可能性もありますが口裏を合わせてください」

早口でそれだけ告げる。

遊園地の職員に借りる、と申告してもいいのだが――詳しい理由を聞かれるとこちらが困る。そもそも記憶消去装置は、その使用にも規約がある。なんのために持ち出すのか、今聞かれることは避けたかった。

「それでは、先輩の立場が――」

「最悪これでクビになるなら、次はもっといい職場を探します。行きましょう」

自嘲気味にそう言って、修佑はアルイアを促す。

後ろめたい理由があるので、修佑もそそくさとバックヤードを抜けていった。職員たちは、装置が一本減ったことに気づいていない。

ステージの外、ジェットコースターが見える広場にまで来て、修佑たちはようやく息を吐いた。

「……大胆なことをします、ね。先輩」

「そちらに言われたくないのですが――自分でもびっくりです」

正直、修佑も冷や汗をかいている。

社員とはいえ、怪人に、リクトーの機密装置をそのまま渡してしまった。その手引きをしたのだから、発覚すれば、処分は免れない。

(これが、一番いいと、思うしかない……!)

たとえ会社に、あるいは世の中に責められても。

自分だけは、アルイアたちの手助けをしなければ。そうでないと——彼女たちは、アステロゾーアとして『悪』呼ばわりされていた時と、なにも変わらない。

共存を目指すなら、互いに納得できる落としどころが必要だ。落としどころの『役割』を演じられるのは、今この瞬間、自分しかいないのだ。

「助かりました。本当にありがとうございます。先輩」

「い、いえ……」

装置の紛失を知って、誰かが追ってこないか——などとひやひやする修佑。

「では、帰りましょうか。なるべく早くここを離れたいですし」

「はい?　なにを言っているのですか、先輩」

「えっ」

てっきり、このまま帰るものとばかり思っていたので、修佑は唖然とする。

「デートはまだまだ、これからではないですか。ね?」

「い、いえ……それは、ただの言い訳だったのでは？」

「はあ、まったく、これだから仕事しかしていない先輩は……」

アルイアは無表情のまま、やれやれと首を振るジェスチャー。

「カモフラージュだとしても――いえ、カモフラージュだからこそ、我々はきちんと遊園地を楽しみつくす必要があるのです。すぐに帰ってしまったら、意味がないでしょう、ね？」

「ええと……そう、なんですか？」

「そうなんです、よ」

アルイアは修佑の腕を取った。

「さあ、行きましょう先輩。それともだぁりん♪　と呼んだほうがよろしいです、か？」

「すみません、それはちょっと勘弁(かんべん)していただいて――」

「では先輩で」

アルイアはノリノリであった。

これは――好かれているのだろうか、と修佑は考える。ナディブラのような愛情表現なのか。

それともアルイアにはまた別の意図があるのか。

わからない。

わかるのは、今のアルイアはただ純粋に、修佑と遊びたがっていることだけだ。

（……せっかくの有休だしな）

修佑もまた、開き直ることにした。

八潮アイとアルイアのことは心配だが、ここまで来たらもう、アルイアに任せるしかない。装置を解析して、彼女が八潮アイの人格を蘇生させるのを祈るしかない。

だとすれば、気晴らしもアリだろう、と修佑は判断した。これから大変なのはアルイアだ。

「……よろしくお願いします」

「はい。たくさんデータを収集しましょう、ね」

修佑は笑う。

楽しむことを、データを収集すると言うアルイアが、とてもらしいと思えた。


その後、修佑とアルイアは、二人でアトラクションを順番に回った。

絶叫マシンだろうと、お化け屋敷だろうとまったく顔色を変えずに回るアルイアである。アルイアの性格なのか、それとも元となる八潮アイからしてこうなのか。

ちなみにこの遊園地、ヒートフレアが関わるのはヒーローショーと物販くらいで、あとはごくごく普通の都市型遊園地であった。宣伝ならもう少し真面目(まじめ)にやれ、と思わなくもない。

そんな風に、修佑は何年かぶりの遊園地を楽しんで。

夕方、最後には一緒に観覧車に乗ることになった。

「なるほど、これが観覧車なのです、ね。水車形の巨大な輪に吊(つ)るしたゴンドラに乗ることで、高いところから景色を楽しむ――と」

「乗るのは初めてですか」

「はい。アルイアとしては初めてです」

　ゆっくりと上昇していく観覧車の中で、修佑とアルイアが向かい合う。

「――八潮アイも、あまり遊園地に行くタイプではなかったようで、観覧車に関する記憶は多くはないです、ね」

「乗りたかったんですか？」

「データを増やしたかっただけです、よ」

　アルイアはそう答える。つまり乗りたかったのだな、と修佑は解釈した。

　観覧車はもう間もなく、一番高い位置まで来る。アルイアは窓の外をふんふんと眺めていたが、修佑の視線に気づくと。

「なんですか、先輩、その顔は。にやにやとして」

「いいえ、そんなつもりは」

　ほほ笑ましいと感じたのが顔に出ていたらしい。

「データ収集の重要性をわかっていません、ね。私にとって、あらゆる情報は食料となります。どんな情報であれ、自分の身に蓄（たくわ）えるのが電子生命体なのです」

「は、はい」

「ふふ、しかしアルイアは貪欲なのです。まだまだデータが足りません、ね」

アルイアは。

ふと、ゴンドラの天井部分に触れた。なにをする気なのか――と修佑がそれを眺めていると。

バチン！　という音とともに、電光が走った。

「っ!?」

天井から火花が散る。ゴンドラが一瞬、大きく揺れて、観覧車の動きが停止した。

「な、なにを――」

修佑が慌てていると、ゴンドラにアナウンスが響く。

『ご乗車のお客様に申し上げます。ただいま、センサーが異常を検知したため、運転を停止しております。急ぎ安全確認を行いますので、しばらくそのままでお待ちくださいますようお願いいたします――』

やや焦ったようなアナウンスの中、修佑たちのゴンドラは、観覧車の最上部で止まってしまった。

「いや、なにしてるんですか!?」

「ちょっと電気刺激を加えただけです、よ。これで観覧車に閉じ込められてしまいましたね」

「なんでこんなことを……」

「八潮アイ所蔵のコミックに、観覧車に閉じ込められる男女のシーンがありました。再現および、それによって生じる感情の流れを、データとして体験してみたかったのです、よ」

「はあ、まったく――」

目立つことをしないでほしい、と言ったばかりなのに。

修佑は額を押さえる。アルイアは特に悪いことをしたという感覚もないのか、平然と最上部からの景色を楽しんでいた。

「ご安心を。ちょっとしたエラーなので、十分もすれば再開するはずです」

「そうだとしても……少しやりすぎですよ」

「むう、すみません」

存外素直に謝罪するアルイアだった。

「とはいえ、こうなっては仕方ないです、ね。おしゃべりでもしましょう、先輩」

「おしゃべり、ですか」

「先輩との会話も、貴重なデータなので」

そう言われてしまうと、話題を探すしかない修佑である。

そこで、ふと、修佑は考えた。

人間の肉体とは、データ保存に向いているのだろうか、と。

「あの……アルイアさんにとって、人間の肉体は……記録媒体として適しているのですか」

「どういう意味です、か？」

「いえ、人間って忘れるし、昔の記憶はあいまいだし――データを蓄積(ちくせき)するのには、あまり向いていないのかな、と」

「なるほど。ですが記憶もまた、電気信号と神経回路の連なりではあります、ので。有機デバイスと認識していれば、私の活動に差しさわりはありません――」

ただ、とアルイアは続ける。

「もし、一から製造したバイオロイドの身体(からだ)であれば、もっと自由に気軽に扱えたでしょう。しかしこの脳髄(のうずい)には、八潮アイが蓄積した神経系が大量に存在します。私はそれを壊してはならないので――そういう意味の不自由さは、あります、ね」

「なるほど」

「だからこそ、早く八潮アイには起きてもらわねばなりません。これ以上、引き伸ばすことはできません、ね」

頷(うなず)きながらふと、修佑は思った。

八潮アイの蘇生を急ぐのはわかるが――その後は？

「八潮さんを蘇生したら、アルイアさんはどうするのですか？」

「――――」

修佑はてっきり。

どこかのコンピューターにデータを移すとか、あるいはまた八潮アイのスマホに戻るとか、

そういう返答を期待していた。しかし。アルイアはなぜか黙りこみ、観覧車から窓の外の景色を眺める。

ぞくりと、嫌な予感が走った。

「……アルイアさん？」

「現状は、ひとまず八潮アイの蘇生が最優先です」

「待ってください。僕はその後のことを話しています」

「その後は——適当なデバイスがあれば、アルイアのデータをそちらに移動します、よ」

「アルイアのデータ量を移せるデバイスがあるんですか？　もし、それにアルイア対策アプリがインストールされていたら、リクトーに検知されるんですよ？」

「————」

アルイアは答えない。

「もしかして、アルイアさんは……」

八潮アイの蘇生と引き換えに、アルイアは消えてしまうのだろうか。

現在、リクトーのアルイア対策アプリは、すさまじい速度で普及している。悪の組織から世界を救ったリクトー社の信頼は厚く、怪人対策といえば国民の多くは協力する。

「いや……いや！　それはダメです」

修佑は焦る。

アルイアの沈黙が、すなわち回答であった。

「なにか、アルイアさんの移動できるデバイスを、新しく用意すれば——」

「不要、です。仮にコンピューターが用意できても、アプリが普及した今、そこからほかのデバイスにアクセスできません。つまりネットワーク上で、新しくデータを取得していくことができない。電子生命として新陳代謝ができない——死んでいるのと同じです、ね」

「ですが……！」

「私が消えるとしても——データの集積体としてではなく、生命として、人間として消えたいです、ので」

アルイアはまた外の景色を眺める。

「この身体が八潮アイのものに戻っても、私の友達を、どうかよろしくお願いしますね。後輩からの、お願いです、よ」

「…………」

「それに、まだダメと決まったわけではありません。都合よく、アプリの捜査網をかいくぐるデバイスを見つけられるかもしれませんし、ね」

アルイアはそう言うが、そんなものは存在しないだろう。

アルイアがネットワーク上で動きを見せたら、必ずリクトーの網にかかる。危機に陥ったときに、都合よく助けが来るのは、ヒーロー番組の世界だけだ。

女怪人に、ヒーローの手は届かない。

『大変お待たせいたしました――安全確認が終了しましたので、運転を再開いたします』

ゴンドラに、アナウンスが響く。

誰にも聞かれない、観覧者の特等席での会話は終わりだった。修佑は何を言うべきかわからずに、沈黙するしかない。

アルイアもまた無言だった。

彼女が、八潮アイを助けるために覚悟を決めたということがわかる。

自分になにができるだろうか。

修佑は、観覧車が地上に戻ってからも、ずっとそんなことを考え続けるのだった。


遊園地でのデートから、数日が経った。


「――――」

アルイアは、何事もなかったかのように、リクトーで働いている。

修佑もまた、彼女になにを言うべきかわからず、あくまでも先輩後輩の関係を続けていた。

陽川に怪しまれるのを避けたかったこともある。

今頃、アルイアは記憶消去装置を分析しているだろう。

装置に使われた技術で、アルイアは八潮アイの蘇生を完遂するに違いない。

（でも――そうなったら）

アルイアは消えるのだろう。

記録媒体がなければ、アルイアとしての人格の行き場がない。

（いいのか？　それで――）

答えが出ないまま、修佑は悩んでいた。

相談できるとしたら、同じアステロゾーアの怪人であるナディブラしかいなかった。

ナディブラもまた、アステロゾーアを技術面で支えていた。生物を怪人に改造する技術も、元々はナディブラのものだそうだ。

彼女なら、なにか解決策を持っているのではないか――そう思って、ナディブラに相談するタイミングを探る修佑だが。

「…………………」

実を言うと、遊園地の一件から、ナディブラの機嫌が良くない。

いや、いつものように食事は作ってくれるし、頻繁(ひんぱん)に家にも来るのだから、単に機嫌が悪いのとは少し違うのだろう。

「…………」

今もまた、甲斐甲斐(かいがい)しく、キッチンで洗い物をしてくれている。

しかし、口数は少ないし、話しかけようとしても目を逸(そ)らされてしまう。こんなことは今までなかったので、修佑もどう対応していいのかわからない。

とはいえ、気まずい空気に耐えられる修佑でもない。

(……やっぱり、デートしたから怒っているのかな)

あの後、観覧車から降りた修佑たちは、すぐにナディブラたちと合流した。

ナディブラの態度がぎこちないのはそれからなので、修佑としてもやはり遊園地が原因だと思うしかない。

「シュウさん」

彼女の対応に頭を悩ませていると、ナディブラから声がかかる。

「洗い物、終わりましたよ」

「あ、ありがとうございます」

「では、私は、これで……」

頭を下げて帰ろうとするナディブラ。

膝枕(ひざまくら)のようなスキンシップを伴(ともな)う行動もまったくない。これでは本当に、家事サービスと変わらない。慌てて修佑は。

「ま、待ってください」

反射的に呼び止めてしまった。

「シュウさん?」

「あ、あの……」

呼び止めたはいいが、修佑の頭にはなにも考えがなかった。

怒っていますか？　とストレートに聞くのは避けたかった。原因が自分にあるかもしれない状況で、後ろめたさもある。

「──手を」

「へ？」

苦し紛れで言った言葉に、ナディブラが変な声をあげる。

「手を、握っても、いい……ですか」

「あ、あの、シュウさん？　どうして……」

「少し──ナディブラさんとの距離が、遠い気がして……」

結局、歯切れの悪い言い方をするしかない。

自分でもなんでそんなことを言い出したのかわからなかった。

「遠いから？　物理的に近づきたくて？　手を握りたいんですか、シュウさん？」

「そ、そうかも、しれません──」

今更ながら恥ずかしくなってくる。顔を覆う修佑だった。

「ふっ……ふふ──あはははッ」

「な、ナディブラさん？」

「んもう、シュウさんったらぁ。私に同化を諦めさせたくせに、そんな物理的に、強引に、距離を縮められたら——また私、同化したくなっちゃうじゃないですかぁ」

ナディブラはくすくす笑いながら、修佑の手を握る。

ナディブラの手はいつも通り、ひんやりと冷たかった。

「……なにかお話があるんですよね？」

「え、どうして」

「ふふ、わかりますよ。話したそうにしてましたから」

ナディブラが、修佑の手をしっかりと握る。

「でも、私も実は——話したいことがあるんです」

「そうだったんですか。じゃあ、最近、変だったのは……」

「へ、変って言わないでください！　ちょっとタイミングを考えていただけなんです！」

ナディブラが頭を振る。

どうやら、お互い、考えていることは同じだったらしい。

しばらく照れていたナディブラだったが、やがて意を決したのか、バイザー越しに修佑をまっすぐに見る。

「シュウさんに、お話しします。ずっと言わなかった——アステロゾーアの成り立ちと、私の過去のことです」

「それは——たしかに聞きたかったですけど」

今なのか。

修佑としては、ナディブラが話してくれるのを待っていた部分もある。そういう意味では、ナディブラが話すと決めたときが、ベストタイミングなのだろう。

「ごめんなさい、シュウさんの話より先になってしまって」

「構いませんよ。聞かせてください。いや」

修佑もまた、意を決して。

「聞きたいです。ナディブラさん」

修佑の言葉に、ナディブラも大きく頷いた。

「はい、どうかお願いします。今後、シュウさんにも無関係ではないはずなので」

ナディブラのことをもっと知りたい。

それと同時に、アステロゾーアに関することを聞けば、あるいはアルイアを助ける術（すべ）も見つかるかもしれない、と思えた。

「アステロゾーアは、私が作った——と、椎ちゃんから聞いてますよね」

「はい」

「実はそれはちょっと正確ではないんです。アステロゾーアになる前、私は——私と首領イデア様は、二人で、長い旅をしていました」

「二人で――？」

修佑の想像と少し違った。

悪の組織の始まりにしては、素朴だ。

「はい。私は……」

ナディブラは、大きく息を吐いて。

「私は、本来、イデア様の守護者。かの次元を食べ続ける存在を、決して目覚めさせないように見守る――つまり、姉とか、母とか、保護者に近い存在でした」

そうして、ナディブラは話し始める。

彼女と、首領イデアの旅が、どのようにしてアステロゾーアになったのか――その道程を。

修佑には想像もつかない、遠い遠い世界の話だった。

第四章――100％（正義の勝つ確率）（※諸説あり）

Yoshino Origuchi
Presents

ナディブラの故郷は、とある『海』だったという。

彼女の育った世界は、世界の全てが水で満たされており、陸地というものは存在しなかった。

ゆえに、地球の海洋生物に似た進化を遂げたらしい。

彼女は、生まれたときから、一つの役目を負っていた。

すなわち――ナディブラの一族が『神』と奉ずる存在と共に生きることである。

「それがイデアでした」

イデアは、ナディブラたちとも違う、特異な生命体であった。

次元を食べる。食べたことによって、そこに虫食い穴が生まれるため、その穴を利用して、さらに別の次元へと移動する。

「イデアは、私たちに『神』と呼ばれていましたが、その実、次元を食べ続けるモンスターです。今いる世界を滅ぼして別次元の世界に渡る存在を、私たちは敬っていましたが、同時に遠ざけたかったんです」

「遠ざける……？」

「ええ、だって、世界を滅ぼすような『神様』が故郷にずっといたら、故郷が滅んでしまうでしょう？」

ナディブラの一族は、それをわかっていた。

だから、イデアを見つけた時、一族の中から適当なものをあてがって、共に外の次元へと放逐する──らしい。

「私は故郷で、巫女だの、魔女だの、神官だの、色々と呼ばれましたが──結局のところ、危険なイデアを追放して、外の次元に押しつけるための、体のいい生贄だったんです。二度とあの世界に戻ってこないようにするお目付け役が、私です」

「それは──」

なんとも醜悪な話だ。

そういえばナディブラは、自分の愛は修佑に伝えても、生い立ちや故郷のことは話さなかった。故郷に捨てられたから、なのか。

「ええ、イヤな話でしょう？　私もイヤです。まあ故郷に戻る気はありませんけど」

ナディブラはあっけらかんと話す。

結局、彼女は故郷から追放され、イデアと共にあちこちの世界を放浪したのだ。

次元を超えて、世界を滅ぼす悪の組織『アステロゾーア』の始まりは、ナディブラとイデアが故郷を追われたことがきっかけなのだった。

「イデアは、まだ眠っています」

ナディブラは言う。

「本気を出していないんです。子どもが夢見ながらウトウトしているだけ。それでもすさまじい力を持っています。アルイアが電子データをいくらでも食べられるように──イデアは『空間』そのものを食べつくします」

「はい、それは、リクトーの分析にもありました」

イデアについては正体不明な部分も多い。

だが、数少ない情報からの分析によれば──。

「イデアは、簡単に世界を滅ぼせる。目を覚ませばヒートフレアでも対抗しきれない。だから目を覚ます前に完全に倒さねばならない。そして──アステロゾーアの目的は、イデアを完全に覚醒させることだ、というのが、リクトーの分析結果です」

覚醒すれば世界を滅ぼす、首領。

アステロゾーアがイデアを首領として崇めていた以上、彼らの目的はその覚醒だ──というのがリクトーの共通認識だ。

陽川がアステロゾーアを警戒するのも、やはりその点が大きい。

「僕自身は……たった一人で世界を滅ぼす存在というのがどうも、ぴんと来なくて。半信半疑ではありましたが……」

修佑は頭をかく。

出会った怪人たちが、程度の差こそあれ、おおむね無害であることを考えると、イデアの分析はやや大げさではないか、と思っていた。

だがナディブラは首を振る。

「いえ、リクトーの分析は正しいです。イデアの覚醒は世界を滅ぼします」

「――ッ!」

「ただ、アステロゾーアの目的は、逆でした。私たちは、『イデアを覚醒させないため』に行動していたんです。彼女を子どものまま、大人にさせない。ずっと不安定なままで、イデアを微睡(まどろ)みの中で揺籃(ようらん)する。そうすることで平穏(へいおん)を守るのが、アステロゾーアでした」

ふう、とナディブラは息を吐いた。

平穏を守る――その言い方では、まるで正義の味方のようだ。

「そのはずだったんです――けどね」

「まさか、方針が変わったんですか?」

アルイアが言っていた。

ナディブラは、修佑がいまだに会ったことのない最後の幹部ジャオロンと反目していたと。

「方針――というほど大げさなものは、アステロゾーアにはありません。ただジャオロンちゃんは、イデアにとても執心していました。ことあるごとに関わろうと、機嫌をとろうとして――私は、イデアに触れてはならない。刺激するな、と何度も言っていたのですが、ジャオロンちゃんは聞き入れませんでした」

「ジャオロンは――イデアを覚醒させようと？」

「違うと思います」

ナディブラは首を振る。

「ジャオロンちゃんの故郷だった次元は、イデアの一時的な覚醒によって滅ぼされましたから」

「え」

「ジャオロンちゃんは唯一の生き残りです。だからこそ、イデアの恐ろしさをよく知っているはずなのに――彼女がなにを考えているのか、今でも正直わかりません」

珍しく、ナディブラが後悔のようなものを滲ませた。

ナディブラは、もうすでにアステロゾーアには関心がないと思っていたが――もしかすると、あえて考えないようにしていたのかもしれない。

イデアやジャオロンに対して、思うところが多すぎるから、か。

「ジャオロンちゃんは、イデアをとても大事に思っています。だからこそ、腫れ物に触るような態度をとる私に、不満があったのかも」

「なるほ、ど……？」

修佑はいまだ、首領イデアに会ったことがない。

リクトーの報告ではヒートフレアに一刀のもとに敗れたはずだが――今も逃げているということは、少なくとも致命傷を負ったわけではないのだろう。

「少なくとも、ヒートフレアに敗北するまで、アステロゾーアの目的はイデアのご機嫌取り。悪の組織らしく、適当に破壊を繰り返して、イデアの喜びそうなものを見つけることでした――イデアは、不機嫌になると覚醒に近づくので」

「……ご機嫌取りで、僕らの世界を壊そうと？」

「それは……ごめんなさい。シュウさんには信じられないですよね。でも、イデアが覚醒してしまったら、こんな世界なんて対抗する間もなく一口で食べられるんですよ？　それよりは、都市を一つ二つめちゃくちゃにするほうが、いくらかマシでしょう？」

ナディブラは、謝りつつもそんなことを言う。

彼女にとっては、イデアの覚醒がなにより恐ろしかったのだとわかった。まあ、首領のご機嫌取りに街を破壊されては、被害者としてはたまったものではないが――。

悪の組織と一口に言っても。

彼女たちもまた、彼女らなりの平穏のために動いていたことは、理解した。

「……私は、もう、イヤだったのかもしれません」

「なにが、ですか？」

「イデアの面倒(めんどう)を見るのが。故郷を追われて、恐ろしいイデアの保護者を続けて。放浪し続ける中で、いつの間にか仲間が増えて――アステロゾーアだなんて名乗って……」

ナディブラが顔を伏せる。

「組織はどんどん私の管理が及ばなくなりました。でも、ジャオロンちゃんがいるし、もう、いいかなって……」

「そういえば――」

修佑は思い出す。

「初めて会った時、投げやりになっていましたもんね、ナディブラさん」

「も、もうッ！　忘れてくださいっ！」

懐(なつ)かしい記憶をたどろうとしたが、ナディブラにぺしりと背中を叩(たた)かれた。

回想する前に、ナディブラが話を続ける。

「と、とにかく――それが、アステロゾーアの成り立ちです。組織というのもあいまいな、利害一致なだけの集団です。四幹部が揃(そろ)ってから、侵略先の次元の生物をあれこれいじくって、シースネークゾーアやスミロドンゾーアを生み出しました。全ては……イデアの覚醒を遠ざけるための、『遊び相手』として」

「はい、そこから先は、僕もよく知っています。でも……どうして今、その話を僕に？」

「今、イデアとジャオロンちゃんが興味を持つとしたら――シュウさんだからです」

「え」

予想外の答えに、修佑は固まる。

「い、いや、アステロゾーアの残党が警戒すべきは、ヒートフレアのはず――」

「ヒートフレアなんて、イデアからすればなんの意味もないです。覚醒すればすぐに倒せるんですから。それよりも、かつて自分をあやしてくれていた四幹部のうち、三人がシュウさんのところにいます。イデアからすれば、『とられた』と思う可能性が」

「そんな……」

「ミズクちゃんはもともと自由だし、私が抜けるだけで済むならと思っていましたけど――アルイアちゃんまで来て、しかもシュウさんと親しい。今後、なにがあるかわかりません」

冗談だと思う修佑だったが。

ナディブラの声音は真剣だ。この手のことで茶化すようなことをナディブラは言わない。

「だから、聞いてほしかったんです。アステロゾーアのこと」

「ありがとうございます。貴重な情報を」

「心配させてしまったかもしれませんが――シュウさんになにかあっても、私が守りますからね」

ナディブラが、修佑の手を握る。

確かに、心配はあった。壊滅したとはいえ、悪の組織の首魁に興味をもたれる――などと言われれば。

だが、修佑には、もう一つの心配もあった。

「――ナディブラさんも」

「えっ？」

「ナディブラさんも、イデアさんと、仲直りができたらいいですね」

修佑の言葉に、ナディブラは押し黙る。

「い、いえ、私は別に――というか、ケンカしたとか、そういうわけじゃないんですけど」

「でも、ずっと一緒だったんでしょう？　なら、別れるにしても後腐れのないほうがいいです」

「それは――そうかも」

ナディブラは顔を逸らす。

彼女にとっては、ずっと後ろめたいことだったのかもしれない。

「イデアのことは、私も考えておきますね。でもまずは、シュウさんが一番心配ですから……」

「はい。気をつけます――でも、イデアを含めた残党の怪人さんたちともよく話し合って、リクトーの管理下に置いておけるのが一番かと」

修佑がしれっと言うので、ナディブラは狼狽する。

彼女の手が氷のように冷たくなった。体温でも感情表現ができるらしい。

「は、話を聞いてましたか!?　イデアは世界を滅ぼすんですよ!?」

「でも程度の違いこそあれ危険を内包しているのは、ナディブラさん含め、どの怪人も同じなので――安全にコントロールできる状態で共存できれば、それに越したことはないですよね？」

「そ、それはそうかもしれませんけど」

「どうせ次元を食い破って襲ってくるなら、どこに逃げても同じです。なら、仲良くしたほうがいい。ジャオロンさんもイデアさんも、今から勤め先を見つけておかないと」

「シュウさん……」

ナディブラがため息をついた。

呆れ半分、感心半分という感じだった。修佑もだいぶ、ナディブラの感情を読み取れるようになってきた気がする。

「どうなるかわかりませんけど――はい、一番いい落としどころはそこだと、私も思っておきます、シュウさん」

「はは、ありがとうございます」

「開き直ってませんか？　残党までシュウさんが面倒を見ることになるんですよ？」

「アルイアさんが来てから、ちょっと色々あって……結構ヤケクソなところはありますね」

修佑は苦笑する。

リクトーの社員というより、自分の意思で怪人たちの味方をしている部分は確かにあった。

それでもいい、とさえ思う修佑だ。それが自分の役割だと思えるから、全力でこなすだけである。

「……シュウさんったら」

ナディブラが、息を吐いた。

今までは、修佑がずっと助けてもらっていた。いや、もちろんナディブラが原因の悩みもあったりしたが――今は初めて、修佑はナディブラの心の助けになれた気がした。

対等に、近づいているのではないか。

「はい。じゃあ、次はシュウさんの番ですよ」

そうだった、と修佑は思い出す。

ナディブラの話も重要なものではあったが――今はまず、アルイアのことである。

「はい、実は、アルイアさんが――」

修佑は、遊園地でアルイアと交わした会話を、一通り話した。

アルイアが、時間的猶予（ゆうよ）がない中で自分の身も顧（かえり）みずに、八潮（やしお）アイを蘇生（そせい）させようと思っていることを。

全てを聞いたナディブラの返答は。

「いいんじゃないでしょうか」

という、ドライなものだった。

「消えるのが本人の選択なら、尊重してあげないと」

「そういう、ものでしょうか」

「人間だって自己犠牲で、尊い行為を為すの、大好きでしょう？　アルイアちゃんには、八潮アイを見捨てることも、このまま逃げることもできたはずだけど、八潮アイのために自己犠牲を選択した。それは尊重するべきでは？」

「――――」

一見すると冷たいようにも思えたが。

ナディブラなりに、同胞を重んじたがゆえの結論なのかもしれなかった。確かに、アルイアの選択に外野がなにか言う余地はないのかもしれない。

修佑もそれにならうべきだろうか。

「シュウさんが気にすることはないですよ」

ナディブラは、修佑の肩に触れた。

わずかに潮の匂いのする吐息が、ナディブラの口から漏れる。

「元々、電子生命体です。命の在り方が、シュウさんとも私とも違います。データの集積体が消えるだけと思えば――ファイルを削除するのと、そんなに変わらないでしょう？」

ナディブラが、修佑が気に病まないように言ってくれているのは伝わった。

だが、修佑はそんな風には思えなかった。今日まで、自分の後輩として共に働いてきたのはまぎれもなくアルイアだったのだから。

「人間は、命を平等だと言いますが」

ナディブラは、あくまで優しい語り口で。

「実は、虫の生産コストは、安いんです。大量に生まれ、大量に死ぬけど、それでもある程度は生き残る——それが昆虫という種の繁栄プランです。一人一人を丁寧に育てていく哺乳類、人間とはやはり命の在り方が違います。価値の重さではなく、生き方の違いです」

ナディブラは、修佑を同化させようとしていた。

それは、修佑を軽んじていたのではない。ただ、在り方が違う。価値が違う。同じ基準では計れない——そんな風にも聞こえた。

「違う命の形を、そんなに想ってしまうと——シュウさんが辛いですよ。本人が満足なら、いいじゃないですか」

「確かに、そうかもしれません」

修佑は、一度、頷いた。

ナディブラの言葉も、しかと聞き届けた。

「でもやはり、僕は納得できません」

「シュウさん」

「怪人さんを助けるのが僕の仕事なので、最後まで諦めたくないです」

「もう。シュウさんはそればかり……」

ナディブラは、ほう、と息を吐いて。

「正直にアルイアちゃんに、ずっといてほしい――と言ってもいいんですよ?」

「い、いいえ、それは……」

「通い妻としては妬けてしまいますけど……いえ、正直、めちゃくちゃ嫉妬しますけど……」

見えない嫉妬の炎がナディブラから立ち上るのを感じた。

しかしそれは一瞬で、すぐに穏やかな空気が戻る。

「でも、仕方ありません。私もできることをしたい――と思います」

「いいんですか」

「もちろんです。シュウさんの助けになりたいです。通い妻ですからね」

ぴと、とナディブラが体を寄せた。

以前は、この行為には同化の恐怖がついてきたが――今はそんな心配もない。ナディブラの、人間ではあり得ない冷たさを、修佑も甘受した。

「とはいえ、現状、できることは特に」

「ない、ですか……」

「アルイアちゃんのデータを、丸ごと移せるデバイスがあればいいんですが――リクトーの監視が強まっている状況なので、難しいでしょうね」

　数々の生物を改造してきた——いわばアステロゾーアの技術者であるナディブラをしても、難しいらしい。

「そうですねえ。私の持つ技術で実行可能なのは——シュウさんの脳の容量を改造で増やして、頭の中にアルイアちゃんを居候させる、とかですか？　常に二人分の意識が頭にあってうるさいと思いますけど」

「さ、最悪……他の手段がないのであれば……」

「冗談ですよ」

　修佑は引きつった顔で応じたが、ナディブラはしれっと答える。

「シュウさんの頭の中に、ほかの女が入りこむなんて許しません」

「あ、そこなんですね」

「他に手段は……」

　ナディブラが考えていると、部屋に着信音のメロディが鳴り響いた。

　この音は社用携帯だ。社畜の反射的行動で、修佑はすぐに携帯を手に取る。

（っ！　陽川さん……！）

　陽川の名前が表示される携帯を見て、一瞬固まる修佑。

「——はい、もしもし」

嫌な予感は強くあったが、努めて冷静に、修佑は電話に出る。

『やあ、白羽(しらは)くん、深夜にすまない。陽川だ』

「どうか、なさったんですか」

『アルイアの反応が検知された』

「！」

突然の情報に、修佑は目を剝(む)く。

『場所は――リクトー社内のネットワークだ。リクトー社の設備を使って、アルイアはなにか企(たくら)んでいるのだろう。大規模なサイバー攻撃か、それともなんらかの方法で肉体を得ようとしているのだろうと雨澤(あまさわ)さんは言っているけれど』

違う、と修佑は叫びそうになる。

アルイアはリクトーの設備を使って、八潮アイを蘇生させる気だ。自分が消えても。

覚悟を決めたから――リクトーに検知されるのを覚悟で、侵入したのだ。

『キミはすぐに八潮くんとリクトー社に向かってくれ。ああ、でも、俺が行くまでは危険な行動は控(ひか)えるように。キミたちの安全がなによりだからね』

矢継(やつ)ぎ早(ばや)に指示を出す陽川。

八潮アイ＝アルイアは、おそらくリクトー社にいるのだろう。初めて正体を現した時、オフィス中のコンピューターにハッキングをした時のように。

だが、陽川はそれを知らない。なにかしらの方法でプロテクトをかいくぐって、リクトー社ネットワークに侵入したと思っているか――あるいはそもそも、電子技術に関する知識がないから、そこまで気が回らないのか。

「――アルイアと接触した場合、陽川さんはどうするんですか？」

『意思疎通ができればいいが、不可能と判断したら設備ごと破壊する。それでは！』

言いたいことだけ言って、正義の味方が電話を切った。

「……………」

修佑は呆然とする。

時間がないというのはわかっていた。アルイアが焦っているのも。だが、これほど早くアルイアが記憶消去装置を解析して、蘇生を行うとは。

しかもリクトー社の設備を使うなど、強行軍にもほどがある。

「アルイアちゃんですね？」

横で見ていたナディブラが、真剣な声音で言う。

修佑は頷いた。

「まったくもう……やるとなったら大胆なんだから」

「すみません、僕はもう――行かなくては」

なにができるかわからないが、陽川の指示もあった以上、会社に向かわなくてはならない。

最悪、ヒートフレアが、八潮アイごとアルイアを斬る可能性もある。

最悪の事態だけは避けたかった。

「私も行きます――せっかくの通い妻仲間ですもの。できることはしてあげたいんです」

「ええと……助かります」

「ふふ♪」

いつの間にか通い妻が増えている。

怪人ばかりに慕われる修佑だが――今はそれが頼もしかった。

「よろしくお願いします、ナディブラさん」

ナディブラは、その言葉が聞きたかったとばかりに、唇をほころばせるのだった。


陽川煉磁は、身体能力の化け物である。

世界を救ったヒーローと呼ばれているのは伊達ではない。彼は深夜、借りているマンションの屋上から、飛び降りた。

そのまま隣のビルの屋上へ。

さらに隣の建物の屋根へと、パルクール競技のように飛び跳ねていく。

「ふッ！」

深夜。ヒーローが夜のビルを飛び移って移動することなど誰も知らない。

屋根を進むのは、それが最もヒーローの到着を早めるからだ。緊急事態において、車も電車もバイクも、全て交通環境の影響を受ける。陽川煉磁には遅すぎる。

彼にとっては、走ったほうが早いのだ。

障害物のない、都市の屋根を。

彼は屋根伝いに進む最短ルートを、日本全国、全てのリクトー支社において構築している。特定のポイントからであれば5分で現着できるように。

高い身体能力と正義感のなせる業であった。

障害物のない屋根を疾駆して、敵のいるところに向かう行為は、陽川のヒーローとしての使命感を高めた。

（待っていろ、アルイア――）

アルイアの目的など知らない。

しかし、人に害をなすのであれば斬る。

まだ変身はしない。ヒートフレアとしての稼働時間は短いので、陽川はヒーローに変身するタイミングを慎重に見極めなければならない。

ただ、いつでも変身できるように、変身ベルトと、剣型の武装――極光銃剣オーロラブレイドを装備して、陽川は強い決意を瞳に宿していた。

「ッ！」

しかし。

障害物のない屋根の上で、素早く動くロープのようなものが見えた。

ロープは狙いたがわずに、陽川を襲ってきた。

「ふっ！」

人間の限界に近い動体視力で、陽川はそのロープをかわす。

空中で一回転をして、衝撃を殺しながら着地した。まだら模様のロープは、しゅるしゅると主の手に戻っていく。

「かわされました、ミズク様！」

「よい、牽制じゃ。ヤツの足を一瞬止められただけで爆アゲよ」

見れば、ロープは、屋根の上にいた敵に戻っていく。

ロープのような右腕を伸ばしているのは褐色肌の女子高生だった。リクトーのデータベースでチェックした、あの姿は――。

「シースネークゾーア。ミズクまで！」

突然の襲撃に、陽川は警戒を強める。

剣型の武装――オーロラブレイドの柄を握りながら、慎重に間合いを計った。

「ご指名ありがとうございますなのじゃあ、ヒートフレア様♪　わしと、この新米嬢シーとの二枚付けじゃ♪　一緒に、ちょっとお話ししてほしいのじゃ♪」

唇に小指を寄せて、ウインクをしてみせるミズク。

キツネの怪人がそんな仕草をするので、陽川はますます警戒した。

「なんのつもりだ？　俺は急いでいる」

「じゃからぁ、今言うたじゃろ。ちょっとだけ話に付き合え」

「俺と、キミたちがなんの話をする？　キミに用はないよ、狐巫女」

陽川が、オーロラブレイドをミズクに向けた。

最大出力では、摂氏１０００℃を超える灼熱の刀身であるが、ミズクはわずかに眉をひそめるだけ。

「物騒なものはしまわんか。聞きたくないかの？　……リクトー社に紛れこんだ、裏切り者の話を」

「……なに？　なにを知っている」

ミズクは扇を隠して、くすくすと笑う。

「ちょいと伝手があってのう。リクトーに怪人が潜んでおったらどうする？」

「俺は仲間を信じる。逆に、お前の言うことなど信じないよ」

「信じるという割に、わしの話に興味を持ったろう。なに、わしの話が正しいか正しくないかは、貴様自身で判断すればよい」

「キツネが……！」

陽川は苦々しく思いながらも、剣を下ろした。

「いいだろう。五分だけだ」

「それでよい。くふふっ。お主が話を聞いてくれて嬉しいぞ」

「狐巫女。裏切り者がいるという前に、一つ聞かせろ」

陽川は、鋭い瞳でミズクを射抜く。

シーはすでに話に興味がないのか、あくびをかみ殺しながらスマホをいじりだしていた。

「なぜキミが、俺に利する話をする？」

「お主の味方をする気はない。ただ、わしにも思惑があってのう。ちょいとばかり手助けをしてやろうと、そう思っただけじゃ」

「……つまり、白羽くんかい？」

「ご想像にお任せしたいところじゃが――お主、まじノンデリじゃな。そんなんじゃからわしらに嫌われるんじゃろ」

「怪人に言われてもなにも響かない」

ミズクは舌を出して、初めて苦々しそうな顔をした。

つまり、この足止めは、白羽修佑のためだということだ。

「ま、シュウの職場に、怪人がいるのは、わしとしても都合が悪くてのう」

「キミだって怪人だろう」

「もうリクトーの監視下じゃろ。よいか、今から教えるのはリクトーの監視下にない怪人じゃぞ。そんなんが企業に入り込んでおるんじゃ、まぁじでセキュリティどーなっとんじゃリクトーはよぉ」

「にわかには信じられないが――」

ミズクは、くふふと笑う。

かつて大陸を滅ぼした狐の一族とあって、その笑顔は妖艶だ。だが、正義の味方であることにこだわる陽川には、その艶美さも効果がない。

「わしも、役割というものに興味があっての」

「は？　役割だと？」

「最近、周りの連中が――まあ主にナディブラじゃが――人間らしい肩書きや立場に固執するようになった。わしはさほどでもないが、まあ、ちょっとは憎からず思うとるものに、手を貸してやってもよいかと思うてな」

「獣が、まるで人間のような口を利く」

「わしに言わせれば、人間のほうこそ、いつまでも獣じゃよ。爪と牙が、その物騒な剣に変わっただけじゃ」

ミズクは心底おかしそうに言う。

陽川は不快を隠そうともせずに黙った。

「ま、そんなわけで――わしもたまには、誰かの役に立ってみたくなった。ちょいとばかり、ちょっかいを出してみたくなったのじゃ」

「御託はいい。さっさと教えてくれないか」

「オメーから聞いといてふざけんな、なのじゃ。せっかちな客は嫌われるぞ――」

陽川は大きく息を吐く。

怪人は信用できない。ミズクも、ナディブラも、リクトーの監視下にあろうが、人間とは相容れない生命体だ。

ただ『違う』だけならいい。だが、人間の命をなんとも思わず、自分たちの都合で容易く人々の生活を奪うならば、異端の侵略者でしかない。

だが。

今、少なくともミズクには、侵略や簒奪の意思はなく――陽川と会話したいだけのようだった。

とても信用するまではいかないが、一聴する価値はあると思えた。

「よいかヒートフレア、今、リクトーに忍び込んでおる怪人はな……」

白羽修佑がとナディブラが、リクトーのオフィスへとたどり着く。

社員である修佑はともかく、ナディブラは入れるかどうか疑問だったが――リクトー社のセキュリティは、ナディブラの技術で易々と突破した。彼女が手をかざすだけで、セキュリティは彼女を社員だと認識した。

「このくらい余裕です」

ナディブラは得意げに言う。ナディブラがいつでもリクトー社に不法侵入できる事実が明らかになったのだが――アルイアのことを最優先にしたかった修佑は、なにも言わずにいた。

『怪人対策部』に踏み込む二人だが――。

すでにそれは始まっていた。

「！」

オフィスの中心に立つアルイア。

いつかと同じように身に着けた装着式のバイザーからは、無数のケーブルが飛び出している。

バイザーのモノアイからは、非人間的な印象を強く受ける。

スーツにはやはり、プログラムのソースコードのような文字が青白く発光していた。以前見たときよりも、文字の密度が高い気がする。きっとそれが、今日までにアルイアが蓄積した、八潮アイを蘇生させるためのデータなのだろう。

「アルイアさん――」

「遅かったです、ね、先輩」

オフィスに入った修佑とナディブラへ。

アルイアは特に感情もなく告げる。バイザーのモノアイだけが、修佑を見た。

「すでに蘇生シークエンスは90％以上実行されました。八潮アイのデータは完全に復活します。私の友達は、確実に、戻ってきます、ね」

「では、アルイアさんは――」

「リクトーに感知されず、アルイアとしてのデータを残す術は見つけられませんでした。アルイアとしての『私』とは、ここでお別れです、ね」

以前は恐ろしかった、女怪人アルイアとしての姿だが。

今はなぜか、青い光に照らされて儚く見えてしまった。それはきっと、遊園地でアルイアの真意を聞いたからだろう。

「良かったですね、アルイアちゃん。ちゃんとここで、やりたいことができて」

「ありがとうございますナディブラ。貴女にもご迷惑をおかけしました。嫉妬心剝き出しの元同僚は、見ていて大変興味深いデータでした」

「誰のせいだと思っているんです？」

「電子生命体に責任を問うのは不毛かと思われます」

ナディブラはすでに別れの覚悟を決めている。

修佑はそんな風には割りきれない。今まさに、なにかアルイアを助ける手段はないか考えているところだが――なにもない。

「アルイアさん。僕の……僕のスマホに来ることはできませんか。リクトー社のアプリもインストールしていません。それなら……」

「嬉しい申し出ですが、なにかのきっかけにアプリをインストールしていないことを知られたらそれで終わりでしょう、ね。危険度の高い隠れ場所だと判断します」

「っ……」

助けを求めるようにナディブラを見る。

しかしナディブラも、無言で首を振るのみだった。彼女でもダメなら、ここで修佑が出せる答えなどないだろうと思えた。

「ヒートフレアが向かっています。なぜかミズクが時間稼ぎをしているようですが――」

「ミズクちゃんが？」

「とはいえ時間の問題でしょう。ナディブラには早急な退避を勧めます。彼が来る前に、監視カメラの映像など、全て問題がないように改竄しておきます――アルイアとして逃げる暇は、どうやらなさそうです、が」

修佑は目を閉じた。

なにかないか。

彼女を存続させる方法が――なにか。どれだけそう思っても、有効な手段が存在しないことは変わらなかった。

「もう、いなくなってしまうんですね」

「はい、お世話になりました。白羽先輩」

ナディブラとアルイア。

優秀な女怪人が二人いても、この状況は覆せないようだった。

「アルイアのことは忘れて——八潮アイを、素直で可愛くて優秀な後輩として可愛がってあげてください」

「いいえ、忘れませんよ」

修佑は拳を握りながら。

「電子生命体アルイア。情報の集積があなたなら——いつか情報を取り戻したら、あなたはあなたとして戻ってこれるはずです。その時のために、僕もアルイアさんのことを覚えておきます。なにがあったか、なにをしようとしたのか、全て」

「————」

「人間が死んだら、思い出の中で生きていく、と言います。でもあなたは違う。思い出を、途方もない数のデータを積み重ねれば、あなたになるんです。そうではないですか？　電子情報の集積体が、アルイアさんなんですから」

たとえば。

人間は消えたら戻らない。タンパク質を合成し、全く同じＤＮＡで再現したとしても、同じ人間ではない。

だがアルイアはどうだろう。

元から、生命のように振る舞う電子情報だ。もし、今のアルイアとまったく同じ電子情報があったとしたら、それはアルイアになるのではないか。電子情報だからこそ、記憶も性格も、データからの再現が可能なのではないか。

くだらない感傷だろうか。

一度消えた命は、電子生命といえど、決して戻らないのだろうか。

「そうだと信じて、僕は——あなたを覚えておきます」

「……ありがとうございます。白羽先輩。元のアルイアに戻れる確率は……いえ、言わないでおきます、ね。希望が持てる数値だとだけ、言っておきましょう」

それは絶望的な数字だということはわかった。

だが、修佑は諦めたくなかった。できることがなにもなくても、覚えているだけで、アルイアのためになるのなら。

絶対に忘れない。

「シュウさん、そろそろ」

「はい、ヒートフレアが動きます。ミズクの足止めもここまでですね」

どのようにヒートフレアの動きを感知しているのか知らないが——おそらくリクトー社のＧ

PSにもハッキングしているのだろうが――ナディブラとアルイア、二人が警告する。

「そろそろ、『アルイア』は消えます」

アルイアは、どこまでも淡々としていた。

「残った『八潮アイ』を、お二人とも、どうかよろしくお願いします、ね」

コンピューターのファンの音が、ひときわ大きくなる。

アルイアのスーツに浮かび上がる文字情報が、激しく入出力を繰り返す。

「アルイアさん」

修佑は、そんな彼女に。

「こんな企業に来て、僕を頼ってくれて、ありがとうございました」

そう言葉をかけた。

バイザーで顔の見えないアルイアだが――その口元が、ふっと笑みを浮かべるのだった。


激しい足音がしたあと。

「アルイアは!?」

焦った様子の陽川煉磁が、オフィスに飛び込んできた。

すでにオーロラブレイドを手に持っている。今すぐにでも変身して戦いそうである。一目瞭然、戦闘態勢であることを示していた。

一方、修佑は――。

「ああ、陽川さん」

平然とした様子で、自分のデスクで仕事を進めていた。

「白羽くん、それに八潮さんも。急にすまないね――アルイアは？」

「はい、それが――リクトー社に異変はありませんでした。八潮さんの分析では、どうもアプリの誤動作じゃないか、と」

「……なんだって？」

陽川がきょとんとした顔になる。

ヒーローのそんな顔を見るのが、少し面白い修佑だった。

「これを見てください」

八潮アイが、タブレットを取り出す。画面にはコードがずらりと並んでいた。

「こちら、アプリの動作ログです。エラーコードが、アルイアを検知したというエラーが発生したことを示しています」

「……すまない、雨澤さんでないと、こういうのは」

「では、監視カメラの映像をご覧になります、か？　オフィスのＰＣなどにも、なんら異常がないことを確認できるかと思いますが」

八潮アイが、リクトー社内の監視カメラの映像を、パソコンに映す。

陽川は八潮と共にそれを確認する。社内の複数個所、24分割された画面であるが、陽川はじっと画面をチェックしていく。

『怪人対策部』のオフィスにも、異常はない。

カメラの映像が進んでいくと、修佑と八潮アイがオフィスに入り、デスクで作業を始める映像が流れていく。どこにも異常がないことを、陽川はその動体視力で確認していく。

（…………っ）

もちろん、その映像は。

アルイアが残してくれた偽装である。

エラーコードもそう。アルイアがリクトーの設備を使って、八潮アイの蘇生を行ったのだ。

それに伴う痕跡は、全てアルイアが偽装してくれた。

電子生命体アルイア。

電子情報の書き換えなど、赤子の手をひねるように簡単にやってのけるのかもしれない。

とはいえ見ている修佑はハラハラである。動揺がバレないように、精神力を全て使って平静を装っていることしかできない。

「たしかに監視カメラでも異常はなさそうだ」

陽川は頷く。

よかった――と、ほっとしそうになる自分を必死で抑えつける。

もうすでに、アルイアはいない。八潮アイは、アルイアだった時の記憶を適度に補完して、自分の後輩として蘇生した。

意識はなかったはずだが、それでも今、八潮アイはリクトー社員として振る舞っている。自分がここにいることになんの疑問も抱いていないだろう。彼女の着ていたスーツやバイザーはナディブラが回収して、すでにリクトーから立ち去っている。

あとは、陽川とリクトー社を、アルイアの偽装で納得させればいいだけ。

それで、何事もなかったことになる。

「だが、まだ信用できない」

「陽川さん？」

「白羽くん。以前に伝えたね。アルイアは人を乗っ取る。僕はそれを懸念している――君たちが、アルイアでないという保証はあるかな」

「え」

さすがに青ざめる修佑だった。

「監視カメラに異常はないって……」

「電子生命体だからね。ハッキングがあっても、目に見える異常があるとは限らない。それに、パソコンの電源を入れた瞬間、アルイアが君たちにデータを移したかもしれないだろう？　アルイアはそれくらいやると、僕は確信しているよ」

「…………っ」

とんでもないことを言い出す陽川だった。

「待ってください、陽川さん。偽物だと言われても、こちらは本物だと言い張るしかできないんです。どうやって本物だなんて証明しろと言うんですか」

「ああ、問題ない」

陽川は。

スーツの内ポケットから、なにかを取り出した。長方形のデバイス——金属型名刺入れのようなサイズのものだ。

しかし、そのデバイスは、彼が持つ剣と同じく、原色塗装がされている。

「これはヒートバックル——僕が変身するためのデバイスだ。まあ、キミたちが本物ならもちろん知っているだろうけど」

「え、ええ」

陽川がヒートバックルをベルトにかざすことで、彼はヒートフレアに変身する。それ以外にも本部との通信機能など、様々な機能が搭載されているらしいが、詳細は修佑も知らない。

「実はヒートバックルには、怪人探査機能もある」

機密の塊のようなデバイスだ。

「え!?」

「個人の脳波を測定し、人間ではない脳波パターンを検知する。怪人の思考は当然、人間とはまったく異質だからね。擬態フィルムをかぶっても、ミズクのように耳や尻尾を隠しても、これならすぐに判別できる」

「は、初めて知りました――」

「もちろん極秘事項だ。なにしろアルイアが人間を乗っ取った時の対策用だからね。下手に話して、キミがアルイアだったら悪用されかねないだろう？」

修佑は、内心の驚愕を押し殺す。

もしこれをほんの少し早く、八潮アイだったアルイアに使われていたら――言い訳のしようがなかった。

だが、今はアルイアもいない。

ここにいるのは、正真正銘、人間の八潮アイだけ。

「では白羽くん、失礼」

「っ！」

ヒートバックルを、ＩＣカードでもかざすように、修佑のこめかみに近づける。

異常などあるはずないとわかってはいても、思わず身構える修佑だ。ぴっ、ぴっ、ぴっ、とおそらく脳波を感知しているのだろう音が響く。

直接、バックルを接触させているわけでもないのに、脳波などわかるのだろうか。相変わらず、ヒートフレアの使うデバイスは超技術の塊である。

「ふむ、怪人の反応なし。まあ、当然だね」

「………………！」

冷や汗は、陽川に気づかれただろうか。

「では、次は八潮くん」

「はい、どうぞ」

自分がアルイアだったことなど知る由もない八潮アイが、髪をかき上げる。

彼女のこめかみに、陽川がヒートバックルをかざす。深夜のオフィスに、体温でも測るような電子音が響く。

「――――――」

修佑にとっては永遠とも思えるような時間が続いた。

そして。

「……反応、なしだね」

「はい、当然です、ね」

「疑ってすまなかった。君たちは間違いなく人間だね」

陽川は、ヒートバックルを内ポケットにしまう。

「――どうやら本当に、アプリの誤作動のようだ。俺は今後の対応を、雨澤さんと相談しておくよ。こんな遅くに呼び出して、二人ともすまなかったね」

「いえ、仕事ですから」

「深夜手当はちゃんと申請するんだよ。二人とも気をつけて帰るといい」

そう言って、陽川はすぐにオフィスを出ていく。

用事がすんだらすぐに動く。即断即決。あまりにも迷いがない。それがヒーローに必要な資質ということか。

「ああ、それと――」

などと思っていたら、再び陽川がドアから顔を出して。

「大事な仲間を疑ってしまったこと、申し訳なく思う。謝らせてほしい。この通りだ」

かかとを揃えて、直角で謝罪してみせた。

修佑は慌てる。

「い、いえ、この状況では無理からぬことですから。疑いも晴れましたし」

「キミたちは信頼できる俺の仲間だ。これからも、どうかよろしく頼むよ」

陽川は、一方的に修佑の手を握った。

固くて頼もしい手であった。剣を扱うから当然だろう。しかし修佑が握り返す前に、ぱっと手が離される。

「それじゃ！」

深夜だろうと太陽のようなまぶしさで、陽川はオフィスを去っていくのだった――。

「………はあああ～～～～～～～っ」

陽川の気配が、完全に離れたことを慎重に確認して。

修佑は、肺の空気を全て吐き出した。力が抜けて、チェアにその身を投げ出す。

「お、終わった……」

「お疲れ様でした。白羽先輩。どうにか、バレませんでした、ね」

「――ええ」

八潮の変わらない視線を、修佑は受け止める。

まるで共犯者であるように、二人は見つめ合う。

「大変なことになるでしょうから。八潮アイさんの中に、まだ少しだけ、アルイアさんのデータが残っている、なんて知れたら」

「ふふ。演技派でしたよ、先輩」

八潮アイとは初めて話すはずだが。

アルイアとして過ごした記憶も鮮明なのだろう。彼女は、まるで親しい後輩のように違和感なく修佑に接してくる。

「改めて聞きますが――あなたは、八潮アイさんなんですよね？」

「はい。私は八潮アイ。リクトー入社の新社員。そして……アルイアの友達、です」

「アルイアさんのこともしっかり覚えていると」

「はい、私が強くそう望んだの、で」

八潮アイは頷く。

「事故で失われかけた『私』を、アルイアが蘇らせる瞬間、先輩の声が聞こえました、よ。アルイアは電子生命体だから、覚えていれば、まだ彼女は彼女のまま存在すると」

「確かに、そう言いましたが――」

「だから私は、強く望みました。アルイアを失いたくない。私の脳の一部を使ってでも、アルイアを決して失わせないと」

だから、と。

八潮アイは、自分の頭をとんとんと叩く。

「ここに、まだアルイアはいます。呼びかけると反応もあるんです、よ」

修佑も、それを聞いて驚いた。

アルイアが消えて、八潮アイが目を覚ました瞬間――そんなことを、修佑とナディブラに言ってきたのだ。陽川が駆けつけている状況で、詳細を質問することはできず、とにかく陽川の目を欺くことに徹したが――。

「望んだだけで、叶うとは思いませんでした。記憶消去装置の技術を使って、私の脳内を操作している瞬間だから、できたのかも——」

「そんな状態で、あなたは大丈夫なんですか？」

「ふふ、どうでしょう？　私の中の、アルイアは危険だと警告しています、ね。でも知ったこっちゃありません。私を助けて、自分だけ勝手に消えるなんて許しませんから」

八潮アイは、片目をつぶってほほ笑んだ。

アルイアの時よりも、やや感情表現が豊かのように見えた。

「もう、私の中でも、アルイアの記憶と感情がなだれこんでいます。彼女の体験したことを、はっきりと分離して認識できません。半分くらいはアルイアになっているのかもしれません、ね」

それは。

アルイアが危惧した、八潮アイへの悪影響だろう。修佑は絶句する。

一人の人間の中に、二人の記憶と感情が同居している。

「脳波測定デバイスを出された時は、少々、驚きました、ね。アルイアの意識をシャットダウンできなければ、危ないところでした」

「……本当に、大丈夫なんですか？」

「長期的に見れば、危険でしょう、ね。私とアルイアの境目がどんどんなくなる自覚があります——でも、きっと大丈夫。私たち、とっても仲良しですから、ね。一緒にそうやっておしゃべりしてきたんですよ、ね、アルイア？」

修佑に、アルイアの言葉は聞こえないが——。

八潮アイの脳内で、アルイアが必死に抗議しているのが見えるようだった。

「二重人格……のようなものですか？」

「人格の主導権は八潮アイですが——どうでしょう、ね。ふふ、もう、八潮アイでありアルイアなのかもしれません。半分くらい、怪人ということかも」

八潮アイは。

デスクの下から修佑の膝に触れた。まるで恋人同士のような甘える仕草だが——次の瞬間、ばちっという音とともに。

「っ！」

修佑にも、静電気に触れたような痛みが走る。

「こんなこともできるようになりました、ね。バイザーとスーツを着れば、かつてのアルイアのようなこともできるでしょう、ね」

「——人間じゃ、なくなった……？」

「人間ですよ。怪人でもあるかも。ふふ、ちょっとわくわくします、ね」

八潮アイは軽く言う。

八潮アイとアルイア、二つの存在が重ね合っているのが、今の八潮アイなのだ。怪人化したと言ってもいい。

（僕の、せいか……？）

修佑は唖然とする。

アルイアを失いたくないあまりに、彼女のことをずっと覚えていると言った。八潮アイはそれを聞いて、アルイアを自分の脳内に同居させた。

つまり、修佑のせいで、八潮アイは――。

「いいえ、先輩のせいではありません、よ」

修佑の考えを読み取ったように、八潮アイが言う。

「私が、選びました。アルイアが自分で選択したように、私も私で選びました。むしろ、少ない時間の中、選択肢をくれた先輩には、感謝しています、よ」

「ですが……」

「ずっとこのままではありません。アルイアを移せるデバイスも探さないと――頭のアルイアがうるさいですし、私も私で、どんどん、アルイアと同じになっていきますから」

それは大丈夫なのか。

修佑の心配そうな視線に気づいたのか、八潮アイはくすくすと笑う。

やはり、アルイアよりも少しだけ、よく笑うようだ。

「色々と大変だと思うので、手を貸してください、ね？　先輩？」

「え、ええ。それは――もちろん」

修佑は頷く。

まだまだ、この女怪人アルイア＝八潮アイとの、不思議な関係は続きそうだった。

「ところで、先輩はどちらが好きですか？」

「？　どちら、とは」

「ちょっと可愛い不思議系後輩と、ちょっと天然なデータ型女怪人」

「ええと……」

「先輩に好きになってほしいので、どちらでも、好みの役を演じてみせますよ？　だって――アルイアから、先輩への恋愛感情も、引き継いでしまいましたから」

「!?」

驚愕の事実を明かされ、動揺する修佑だった。しかしそんなことはお構いなしに、八潮アイは身を寄せてくる。

「好みのほうを教えてください、ね？」

「い、いや、待ってください。頭が追いつかないんですが――」

「いいじゃないですか。どうせ私たち、ここでは仲良しだと思われているんですから。オフィスラブだって悪くはないでしょう？」

「いやいや、八潮アイさんとは今話したばかり――」

「ではアルイアのほうがいいんです、ね？　そのようにいたしましょう」

今にも押し倒されそうになる。

この状況は何なのか。アルイアから、そんなにも思いを寄せられていたのか。全然気づかなかったし、ただの『フリ』だと思っていたのに。

「あ、でも、ナディブラが戻ってきそうですね、ここで終わりです」

すでに修佑のシャツのボタンに手をかけてきた八潮アイが、すっと離れる。切り替えが早すぎる。

「からかわないでください……」

「からかっていません。本気です、よ？」

八潮アイはこちらを見てくる。

人間の彼女はこういう性格だったのか。アルイアと似ているようで、ちょっと違う。

「僭越ながら、大変『役に立つ』後輩だと思いますので――どうぞこれからもよろしくお願いしますね、セ、ン、パ、イ？」

彼女は、ウインクをしながらそう言うのだった。

人間なのか、怪人なのか。どちらでもあり、どちらでもない。

結果としてそういうあり方を選んだ八潮アイ。底知れぬものを感じつつも――彼女の持つ、親愛の情は本物だ、と修佑は思う。

「こちらこそ、よろしくお願いしますね」

八潮アイが、リクトーに入社して、３カ月。

本当の意味で、修佑に後輩ができたのであった。

幕間――ヒーローと子どもの時間

Yoshino Origuchi Presents Onna Kaijin san ha Kayoi Zuma

深夜。

白羽修佑や八潮アイと別れた陽川煉磁は、そのまま本社に戻った。

リクトーの本社――悪の組織と戦ったリクトーの、本部基地とも呼べる場所だ。当然、セキュリティは堅く、機密情報ばかりだが。

陽川であれば、どんな時間でもすぐに入れる。

「あら」

本社のロビーには、ただ一人、陽川の帰りを待つ女性がいた。

「お帰りなさい、陽川様。アルイアの反応はいかがでしたか」

「ああ、雨澤さん――」

怜悧な印象の美女、雨澤である。

アルイアの反応が検知されたことを、陽川に伝えたのは彼女であった。

「アルイアの反応は、今はどうなっている?」

「こちらでモニタしていましたが、突如、全てのアクセスが消失しました。原因は不明です。陽川様がアルイアに対処したものと判断して、こうしてお帰りをお待ちしていたのですが――」

「ああ……なるほどね」

陽川の声は、落ち込んでいた。

それは、仲間を疑うことへの罪悪感なのだった。

「？　陽川様？　お疲れですか？」

「そうだね。少し」

「よろしければ、私の部屋にお越しください。よく眠れるベッドがありますし――陽川様がよろしければお相手もさせていただきます」

雨澤が、身体をすり寄せてくる。

怜悧な美女が、今は気まぐれな猫のように陽川に甘えていた。

陽川もまた、それに応えるように、雨澤の肩を抱いて――。

「いや、それはできない」

はっきりと断った。

「？　ん、なんの音――」

深夜のリクトー本社に、警告音のような、甲高い音が響く。

それは、陽川の持つヒートバックルだった。肩を抱くフリをして、雨澤のこめかみで、脳波を測定していたのだ。

「怪人反応検知――本当に残念だよ、雨澤さん」

「ッ！」

雨澤が、陽川から離れようとするが――。

「遅い」

それよりも、陽川がオーロラブレイドを振り抜くのが早かった。

「ッ！」

陽川が狙ったのは雨澤の首。

容赦なく両断する斬撃で、雨澤の首は勢いよく刎ねられた。

美女の首が床に転がる代わりに、べちゃりと粘液の音がする。

「――あ～あっ、バレちゃった」

雨澤の声が、首を切り落とされた胴体から響く。

「なんでかなぁ～？　ちゃんと、キミ好みの素敵な社員を演じてたのにぃ～」

雨澤の身体がぐねぐねとうごめいて、その形をなくす。

一度、形を崩した不定形のスライムが、うぞうぞと動いて一つの形を作っていく。

現れたのは、極彩色のマーブル模様のような頭部と、真っ黒な肉体を持つ怪人であった。目も鼻もない頭部──口だけが三日月形にぱっくりと割れる。

「やはりキミだったか、アメーバゾーア」

「はぁい、ヒートフレア、久しぶり♪　キミと一緒に働くのも、なかなか楽しかったよ♪」

「戯言を言うな」

陽川は剣を向ける。

「変身能力を持つ怪人は限られる。それに、とある筋から、キミが裏切り者であるという情報をもらってね。ヒートバックルをかざすまでは、半信半疑だったが──」

「えー？　誰だろ？　ミズク様？　まったくもう、こっちの邪魔ばかりして」

アメーバゾーアは、不満を見せる。

黒い全身タイツのような肉体を持つが、そのシルエットは女性らしい曲線を帯びている。それでいて、本来は不定形であることを示すように、表面が波打つ。

不気味な奴だ、と陽川は思う。

「なにが目的だ？　アルイアの反応があったなどという虚偽の情報で、僕たちを分断しようとしたのか？」

「いやあ、アルイア様の反応があったのは本当だよ？　なんなら仲間に引き入れたかったけど、どうして反応が消えちゃったのかなぁ」

「全て貴様が仕掛けたことだろう？」

「わーお、ひっどーい♪　そこまでアレコレ多重労働できないって。ボクの身体、一つしかないしさ」

　アメーバゾーアはけらけらと笑う。

　雨澤だった時の怜悧さはかけらもない。こっちが本来の性格であることを陽川もよくわかっていた。

「ま、ボクは単にリクトーの内情を探るだけのスパイだよ。にしし、ヒートフレアのすぐ傍での情報収集、マジで怖かったぁ」

「嘘をつくな。キミに斬撃は通用しない——高温で蒸発させるしかなさそうだ」

「ひぃんっ！　やっぱり怖いぃ～！　いいもん、もう情報収集は十分だし、逃げちゃおっかなぁ～」

「逃がすものか」

　陽川が間合いを詰めようとした瞬間。

　アメーバゾーアとの間に、黒い渦のようなものが出現した。

「ッ！」

　とっさに下がる陽川。

　この黒い渦は知っている。これは——アステロゾーアが出現するときに生まれる、次元の境目である。

アステロゾーア。その存在が脅威なのは、ひとえにイデアによる次元移動能力があったからだ。アステロゾーア怪人は神出鬼没。いつ、どこにでも現れるし、不利とみるや否や即時に撤退する。

あまりにも不規則な出現パターンは、リクトーでも怪人の動向を追うのに苦労した。イデアが空間を嚙みちぎり、穴をあけてしまう特性を持つがゆえだ。

この黒い渦は、次元に穴をあけた証拠だった。

「あれ——逃げようと思ったけど、そっちから来ちゃうの、イデア様？」

「なっ……！」

イデアの名前を聞いて、陽川に戦慄が走る。

まさか——向こうから来るのか。アステロゾーアの中心である、首領が。

黒い渦からは、ぬるりと誰かが姿を現す。頭には三つの角、全身を覆う鱗。そして太い尻尾——女性と恐竜を掛け合わせたかのような外見の女怪人。ジャオロンだった。

「アメーバゾーア。手こずっているようだな」

「えー、ボクじゃヒートフレアに勝てませんって。今逃げるところだったんだよぉ。ジャオロン様、なんとかしてよぉ」

「騒ぐな。今、お目覚めだ——我らがイデア様が」

イデアを覚醒させてはならない。

それは、リクトー社の総意だった。目覚める前の状態でさえ、次元を食い破りながら、いくつもの世界を滅ぼしてきた相手である。

（向こうから来るなら都合がいい）

ヒートバックルに触れる陽川。

黒い渦からは、ジャオロンに続き、もう一人の怪人が現れる。

それは――全裸の女だった。

「ふあぁぁぁ～～～～～～あ」

大きな欠伸をする、女。

白い肌の裸体。成熟した人間の女性に見える。しかしその体は、タコのような太い触手を服のようにまとっていた。触手は女が背負っている、星型の金属プレートのようなものから生えている。触手とプレートを除けば、女の姿はどの怪人よりも人間に近い。

そのけだるげな顔を、陽川は知っている。

「キミは――イデア、か？」

「……だれぇ？　呼び捨て、無礼すぎる……」

女は、眠たげな眼で陽川を見る。

長い髪。触手。そして眠たげな表情。どれもイデアの特徴だ。

だが、陽川の知るイデアは、星型のプレートに寝そべる幼女だった。成長してしまったのか。

いや、それとも——これが、イデアの覚醒した姿なのか。

「私は……ナディブラを、捜しに来たの」

「そこのヒートフレアが、居場所を知っておりますよ、イデア様」

ジャオロンは、膝をついて出現したイデアを迎えている。

黒い渦はとうに消えていた——今、リクトーの本拠地に、敵の首領が乗り込んできたことになる。

「まだ眠うございますか、イデア様」

「ううん、起きたよ」

欠伸をかみ殺しながら、イデアが言った。

「本当にイデアなのか？　なんだ、その姿は」

「だからぁ、起きたってば」

それで説明は終わりだとばかりに、イデアは陽川の方を見た。起きたという割には、どう見ても半分以上寝ている。

「あー、思い出した……たしか、ヒート……フレア」

「気に入らないな。一度キミを倒したんだけどね」

「倒され、た？　……ああ、眠っているときに、ちょっと遊んだ、アレ？　そうか、お前から見たら、倒したことになったんだね」

「──ッ！　バカにしてくれる」

陽川はヒートバックルを取り出した。

ここで仕留めなければ、被害は甚大になる。絶対に倒す、と心に決めた。

「喜べヒートフレア。覚醒したイデア様に、ここで消し炭にしていただけるぞ」

「俺の正義は、お前たちに負けない」

陽川は、ヒートバックルを腰のベルトにかざす。

『Ｒｅａｄｙ────』

ベルトから低い音声が発せられる。変身準備の合図だ。

「変身──ッ！」

剣をかざした瞬間。

ヒートバックルに蓄積された金属粒子が、陽川の肉体を覆っていく。一秒にも満たない瞬間に、手足から覆われた金属粒子が、ヒーローの鎧となっていく。

赤と金を基調にした、太陽と高熱の装甲。

最後に、陽川の端正な顔も、装甲に覆われて──ヒートフレアの変身が完了する。

『Ｓｐｅｅｄ　Ｕｐ！　Ｂｅａｔ　Ｃｌａｓｈ！　Ｓｗｏｒｄ　Ｓｌａｓｈ！』

『Ｉｔ'ｓ　Ｔｈｅ　Ｈｅｒｏ　Ｔｉｍｅ──ヒート！　フレアァァァァッ！』

ベルトが派手なＢＧＭとともに、変身完了のセリフを放つ。

派手な演出も、全てＣＥＯの趣味らしいが——気分を高揚させるこの演出が、陽川も嫌いではなかった。

もちろん演出だけでなく、ヒートフレアの実力も折り紙付きなのだから。

ヒーロー・ヒートフレアの姿になった陽川は、剣を構える。

「……ふあぁぁぁあ」

怪人たちが恐れるヒートフレアを前にしても、イデアは目をこするのみだった。

「行くぞッ！　イデア！」

ヒートフレアは、多大な電力を熱に変える。

しかし、ヒーロースーツに込められた電力はごくわずか。最大出力での稼働時間はおよそ3分と、非常に短い。電力供給のない環境下では、戦いはこの短い時間に制限される。

だが構わない。

全ての怪人を、その活動時間の中で倒してきた——それがヒートフレアの実力である。

「うん、一緒に、あそぼ」

イデアが言った瞬間。

彼女の周りにある無数の触手が、ヒートフレアに向けて襲いかかってきた。

タコの触手と同じく吸盤があるが——その吸盤一つ一つに、鋭い牙が生えている。もし人間であれば一瞬で触手に食われる。

ヒートフレアのセンサーでそれを視認した陽川は。

「ッ！」

迷わずまっすぐに飛び込んだ。

襲い来る無数の触手を、オーロラブレイドで斬断する。空気と肉の焼ける匂いが辺り一面に広がる。

「イデア――貴様を、斬る！」

陽川に、様子見するつもりなど毛頭なかった。

全ての触手を切り落とし、ヒーローの速度で無防備になったイデアに突っ込む。

「ッ！」

初手から全力。電力ゲージがみるみる減るのを確認しながら、超高熱になっていくオーロラブレイドを。

無防備なイデアへ、真一文字に高温の刃を叩きつけようとして――。

「すぴい」

だが。

イデアを狙った刃は、空を切った――イデアの身体が、縮んだからだ。

「な――」

イデアは、みるみる小さくなっていく。

初めて会った時のように、子どもの姿になったイデアは、丸まって眠ってしまった。今にも彼女の命を奪おうとしているヒートフレアなどお構いなしに。

(ね、寝た……!?)

啞然とするヒートフレア。

追撃の前に、鱗のある巨体が割って入る。

「……おねむのようだな」

ジャオロンが、そんなイデアを抱き上げた。

寝ぼけたイデアが、ジャオロンに抱きつく。

「待て、逃げるのかっ」

「逃げる？　バカを言え」

「っ！」

追いすがるヒートフレアに、ジャオロンが鋭い蹴りを放つ。

陽川は剣で受け止めるが、重い一撃はヒートフレアを数歩後退させた。

「まだ起きる時間ではなかったようだ。我々はお前などどうでもいい。今日、来たのは――アメーバゾーアを迎えに来たのと、イデア様の気まぐれだ」

「ッ、貴様――」

「さらばだ」

次元の渦が、再び出現する。

それは――イデアが帰りたがっていることを意味していた。アステロゾーアの神出鬼没ぶりは、全てイデアの意思で決まる。

黒い渦に飛び込むジャオロンを追いかけようとする陽川だが――。

「ッ！」

装甲に、なにかがまとわりついてくる。

不気味な黒い粘液――アメーバゾーアだった。

「キャッハハ♪　その前に遊んでよぉヒートフレア、ボクの分身た・ち・と♪」

「邪魔だッ！」

先ほど斬った雨澤の首。そこから、アメーバゾーアの分身が生まれたのだ――と、今更に陽川が気づく。

アメーバゾーアの分身を斬ったが、すぐにそれも二人のアメーバゾーアとなった。この相手に斬撃は通用しない。

「潜入任務は怖かったけどぉ♪　人間のフリしてキミと遊んでいるのも、結構楽しかったんだ♪　本当だよ？　アプローチしてたのに、全然振り向いてくれないのはショックだったな？　その気になったら、その子たちともえっちなこと、してもいいよぉ？」

「気色の悪いことをぉッ！」

陽川は、艶(なま)めかしい動きでまとわりつくアメーバを斬るが、それは敵を増やすだけだった。

アメーバゾーアの分身は、意思もなく、しゃべることもなく——しかし妖艶(ようえん)な仕草(しぐさ)で、ヒートフレアの足に、胸に、触れていく。

「ざーんねん♪　そんじゃ、またあそぼーね、ヒートフレア♪　今度はイデア様が目覚めたときにでも！　キャハハハ！」

挑発的なアメーバゾーアの本体もまた、黒い渦の中に消えていく。

「はあああッ！」

オーロラブレイドの出力を上げる。

そのまま横一文字に、自分にまとわりつくアメーバの分身たちを斬り裂いていった。高熱の刃によって細胞ごと焼かれれば、分身たちは再生できない。

「ッ！」

しかし、もともと少ない電力は、そこで尽きた。

アメーバの分身たちが、音もなく崩れていく。すでに、次元の渦は消えており、イデアたちを追う術(すべ)は残されていなかった。

ヒートフレアの完敗であった。

「…………」

エネルギーが足りなくなったために、強制的に変身が解除される。

散々、バカにされても、まだ陽川には冷静さが残っていた。

「次は必ず仕留めてみせる、イデア、ジャオロン――」

強い決意を宿した瞳で、もはや消えてしまった次元の渦を見つめる陽川。

すると、電話が鳴った。慣れた手つきで、電話に出る。

『やあ、陽川くん。私のヒーロー』

「CEO……」

相手は。

リクトー社の代表取締役――つまり社長であった。

『キミの戦いを見ていたよ。取り逃がしたようだね』

壮年の男性の声が響く。

声は年老いているが、どこか軽く、ユーモアを好む人物なのを、陽川は知っている。

「すみません、イデアにむざむざリクトー社の侵入を……」

『いいんだ。彼女の次元転移を前にしては、避ける術がないからね。キミが無事で、しかも社内の潜入者も追い出せた。立派な戦績と言えるだろう』

「ヒーローを名乗るものとして、恥じ入るばかりです」

CEOはいやいや、と笑う。

『キミは素晴らしいヒーローだよ。キミの戦いを見れて、私はとても嬉しい』

「ありがとうございます」

『社長室に来てくれたまえ。今後のことを一緒に話そう』

それだけ言って、ＣＥＯは電話を切った。

「……ふう」

陽川をヒーローと呼ぶＣＥＯだが——。

陽川は、まだまだだ、と自重した。こんなものは自分の理想のヒーローではない。悪を逃してしまってはヒーローとは言えない。

憧れはまだ遠い。

なにより——敵であるイデアに相手にされていないことが、不満であった。どれだけ努力しても、敵の首領に一顧だにされていない。

「……白羽くん。大丈夫だろうか」

イデアは、ナディブラを捜していた。

ナディブラが惚れているのは、白羽修佑。

「……変な悪者に、目をつけられなければいいんだが」

彼と仲良くしておこう、と陽川は思った。

白羽修佑はきっと、自分にないものを持っている。それを知ることは——自分がより強いヒーローになるために不可欠だと思った。

次に、あの子ども――イデアが目を覚ますとき。

それが本当の、ヒーローの活躍する時間だと――陽川は自ら(みずか)に言い聞かせるのであった。

エピローグ ―― ？？？％（女怪人が妻になる確率）

Yoshino Origuchi Presents
Onna Kaijin san ha
Kayoi Zuma

「ようこそ、私の新居へ。こちら引っ越しのあいさつです、よ」

蕎麦の詰め合わせを渡される修佑。渡してくるのは――修佑の隣の部屋に引っ越してきた、八潮アイであった。

「嘘でしょ!?」

ナディブラの悲鳴が上がる。修佑もまったく同じ気持ちである。

(どんどんアパートに怪人が……)

いや、八潮アイは（一応）人間なのだが、だとしても。

自分の周りに女怪人が増えていくのは、なんの因果なのだろうか。

「アルイアが残した各種機材を、両親の目をごまかしつつ置いておくのは限界なので、こちらに全て移します――それに独り立ちのいい機会だと判断しました、よ」

「そ、そうでしたか――」

「隣に会社の先輩がいると伝えると、両親も応援してくれました」

淡々と話す八潮アイ。

ナディブラの部屋から見れば、修佑の部屋を挟んだ反対側に引っ越してきたことになる。今まさに、修佑たちは八潮アイの新居に招待されたのだが――。

部屋にあったのは。

所狭しと並ぶコンピューター、各種ケーブル、よくわからないまま七色に光る機材などなど――であった。生活感がまるでない。キッチンやトイレまで、用途のよくわからない機材で埋め尽くされている。

八潮アイも、今は自宅でリラックス状態ということなのか、バイザーを着用――女怪人の姿であった。修佑たち以外の来客に見られたらなんと言い訳するのだろうか。

「あの……部屋がこの状態で、生活できますか？」

「キッチンなどは白羽先輩に借りる予定です、よ」

「なぜ⁉」

もはや隣人どころか、共用生活をする前提で話が進められていた。

「ていうか、人間なのに、なんでその姿になってるんです？」

ナディブラが問う。口調がいささかキツめである。

「ああ、すみません。本来であればこのバイザーをかぶった方がいいので――やはり、頭の中にアルイアを住まわせているのは負荷が大きいので、その補助です」

「八潮さん……」

「あ、服も脱ぎますね」

修佑は知っている。八潮アイは普段着の下にも、黒いインナースーツを着用している。それらのデバイスの補助がなければ、負担が大きいのだ。

「──その姿が、一番自然な状態、ということですか」

「はい。足りないデータ容量を、ここにある機材も含めて補っています。アルイアを消さず、八潮アイに負担もかからない状態です。これが──今の、本来の私の姿、ということでしょうね」

八潮アイは笑う。

バイザーをかぶり、スーツを着ている姿が自然体と言われても、修佑は困る。異形であるほうが自然だというなら、それはまさしく女怪人に他ならない。

だが、そうあることを誰より八潮アイが望んだのだから、仕方ない。

いつか、八潮アイとアルイアがきちんと分離できるまで、修佑も彼女の助けになろうと心に決めた。

「というわけで、合鍵をください、先輩」

「何故⁉」

「部屋が機材で埋まっているので……人間らしい生活は、白羽先輩の部屋でします、よ。もちろん先輩の身の回りのお世話もしますから、ね」

「ほいほい渡せるものではないのですが……」

シェアハウスが話の前提となっていて、修佑としては大変困る。

「そうです！　合鍵なんて！　私もまだもらってないんです！」

「いや、ナディブラさん勝手に開けて入ってくるし――」

ナディブラが抗議する。

最近はすっかり慣れてしまった修佑だが、そもそも不法侵入の常習犯である。あまりにも自然に出入りするのでとがめる気も消えてしまったが。

「まあ、どうせ断られると思って、すでに複製の合鍵を用意済みです、よ」

「なんで⁉」

「これから通わせていただきます。よろしくお願いします、ね」

どんどん話が進んでいく。

「あの、ナディブラさんが怖いんですが」

隣のナディブラから、言い知れぬ圧を感じる修佑。

「もう――もう我慢できませーんッ！　さっきから好き勝手ばかり言って！」

「あなたも大概だと思います、よ、ナディブラ」

「なんなんですかアルイアちゃんは！　あ、今はアルイアちゃんじゃない……？　ええと、よ

くわかんないけど！　シュウさんは私のものです！　横からとっていくなんてひどいです！」

「そうは言いますが、ナディブラ」

八潮アイは、ナディブラと睨み合う。

人間・八潮アイとしてナディブラに接するのはこれが初めてのはずなのだが――。

まるでアステロゾーアの幹部だった頃のように、平然と呼び捨てにしている。八潮アイの中ではやはり、アルイアと自分の記憶が明確に分かたれていないらしい。

アルイアであり、八潮アイでもある。

彼女のそんな状況は、八潮アイが望んだ結果のこと――わかっていても、不安定な状況をおいそれとは飲み込めない修佑だった。

「私は、八潮アイ。人間としての戸籍があります。あなたがどれだけ通い妻を続けても、法的に結婚できるのは私のほうです、よ」

「け、けっけけけけ、結婚⁉」

「白羽先輩のお嫁さんに近いのは私、です」

「なっ。あっ。そっ……うっ、うっ、うううううう～～～～～ッ！」

ナディブラが呻いた。拳を上下に振って抗議しようとするが、明確な反論は出てこない。

「あの……結婚とか……僕の意思は……」

控えめに言ってみるが、ナディブラも八潮アイも聞いてくれない。

今にも泣きそうに腕を振るナディブラと、それを真正面から睨む八潮アイ。

隣の女怪人が増え、なぜか部屋に通う女性も増え、心配しか感じられない修佑なのであった。


八潮アイが蘇生してから、色々なことがあった。

まず、リクトー社が大騒ぎである。なにしろ、ＩＴ会社から出向していた女性——雨澤シズクが、敵怪人だったことが判明した。

怪人名はアメーバゾーア。

ヒートフレアと一時交戦した後、撤退したらしい。

雨澤という女性は実在する人物であり、アメーバゾーアは彼女の経歴を借りてＩＴ専門家に成りすましていた。雨澤のアパートでは、粘液まみれで監禁されていた本物の雨澤シズクが発見されたそうだ。

彼女が殺されなかったのは、アメーバゾーアが偽装のために、雨澤シズクの情報を欲したからだと思われる。顔かたちはまねられても、性格や、彼女だけが知る情報などを引き出さなければならない。

雨澤は病院で治療を受けており、快方に向かっているそうだ。陽川が頻繁にお見舞いに行っているらしい。

（そして、もう一つ……）

リクトーへの、ハッキングの痕跡が見つかった。

こちらもまた巧妙に偽装されており、誰がやったのかは不明であるが――リクトー社は、これもまた潜入していたアメーバゾーアの仕業だと判断した。

もちろん、真犯人はアルイアであるのだが――。

修佑も八潮アイもそれは黙っているしかない。リクトー上層部は、アメーバゾーアに社内機密がとられたと大騒ぎである。

結果、全社員の身辺調査が改めて行われた。

機密管理も一層の引き締めが行われ、リクトー社遊園地で、記憶消去装置がずさんに扱われていたことも判明した。管理職は減給だそうだ。

全てを知る修佑は。

この事態になる前に、記憶消去装置を返還し、適切な報告書を書いて、拝借した事由を説明しておいた。

その報告だって虚偽ではあるのだが、アメーバゾーア侵入という大事件に揺れるリクトー社では、正当な手続きに則った修佑の報告はむしろ信用された。

（いや、むしろ……）

むしろ、社内での白羽の評価は向上した。

なにしろ、敵の残党が潜入したにもかかわらず――アメーバゾーアは、ナディブラやミズクといった、リクトー監視下の怪人と接触した形跡がなかったからだ。

　怪人担当・白羽修佑の功績だと、なんと陽川が上層部に伝えたらしい。おかげか、今まで威圧的だった課長から、修佑は褒められる事態となった。

　嫌がらせの多い課長から褒められて、修佑は鳥肌が立つほどの拒否反応を示したのだが。

　ともあれ。

　事の顚末はこれが全て――アルイアのハッキングは、どこにもなかったことになった。

　リクトー社も、いつまでも反応のないアルイアのことは、そのうちに忘れてしまうだろう。

　だが――八潮アイの中に、アルイアは存在している。むしろ、八潮アイがどんどんアルイア化していく。

　リクトーに報告しないだけで、彼女もまた、修佑の担当怪人であるも同然なのだった。


　数時間後。

「おお～い、引っ越し祝い持ってきたぞ……ってなにサゲぽよな空気なんじゃ」

　修佑の部屋では、相変わらずナディブラと八潮アイが睨み合っていた。

「あの……どちらが僕の家に通うか、でずっと言い争ってまして」

「モテる男は大変じゃのう」

　遊びに来たミズクが、やれやれとため息をつく。

ミズクも他人事であるが、いつの間にかすっかり修佑の家に通うようになっている点ではほかの二人と変わらないのだった。

「椎はおらんのか？　お菓子買ってきてやったぞ」

「なぜか疲れているとかで寝てるらしいですが――」

「そうか。あやつにも少し無理をさせてしまったからな。やれやれ、椎と一緒にヒートフレアの足止めなど……わしらしくもなく、張り切ってしもうたわ」

「む、無理しないでくださいね」

肩をまわしながら、やれやれと息を吐くミズク。

見た目はギャルだというのに、そうした仕草が妙に年寄りくさい。

「――分担を決めましょう」

睨み合っていたナディブラが、突如言い出す。

「私は料理。アルイアちゃんは――そうですね、洗濯でいかがです？」

「わかりました。そのように」

「いやなんの分担じゃ」

「もちろん、通い妻としてどの部分を担当するかです、よ」

「ほーん」

話を聞いていたミズクが、にんまりとほほ笑んだ。

「そんじゃ、わしはシュウと遊ぶ役割をやろうかのう。ほーれわしに構え構え」

「えっ、ミズクさん⁉」

なぜかミズクが、突然修佑に抱きついてくる。

「！」

ナディブラと八潮アイ、二人がすごい勢いでこちらを睨む。

「ヒートフレアの足止めしてやったじゃろ～？　存分に褒めてくれていいんじゃぞ～」

「そ、それについては感謝していますが――」

あの夜。

アルイアが八潮アイの蘇生をした際、陽川の到着を遅らせたのは、どうやらミズクだったらしい。そのファインプレーは正直ありがたかった。おかげで八潮アイの蘇生が間に合ったのだから。

耳を隠そうともせずに、修佑の腹あたりに顔をこすりつけるミズクであった。これでは狐というより猫である。

「ちょっとなにしてるんですか！　ミズクちゃんの担当は掃除です！」

「えー、めんでぃーなのじゃー」

「ワガママ言わないの！」

ミズクがナディブラによって引きはがされていく。

するると、今度は修佑の腕を、八潮アイがとっていく。

「あ、あの、八潮さん」

「白羽先輩。私、アルイアでもあるので——生態電気を自由に扱えるようになりました。ほら、手から電気を出せるようになりました、よ。後輩の電撃マッサージ、受けてみません、か？」

「えええ」

抵抗しようとするが、なぜか八潮アイの力は、修佑ではどうにもならないくらいに強い。どんどん怪人化が進行している——と修佑は思った。本当に、八潮アイは人間に戻れるのだろうか。それとも、このまま。

「いいですね、私の触手も使えば効果が二倍です！」

なぜかナディブラまで話に乗ってきた。

手首から触手を出して、修佑に近づいてくる。

「い、いや、電撃はちょっと、刺激が強いので……」

やんわり断る修佑だが。

「ご遠慮なさらず、先輩」

「そうそう、通い妻ですから♪　癒やしますよ、シュウさん」

「あ、あの、ええと——」

断る文句を探しているうちに、肩に八潮アイの手が触れる。

鋭い電撃が走って、修佑の意識が落ちていく。

家に通い詰める女怪人たちと、これから上手くやれるだろうか――そして、女幹部ばかりに好かれる自分が、これからどうなるのか。

意識を落としながら、そんなことを考える修佑だった。


それは、とある深夜の会話。

ナディブラの携帯端末に、電話がかかってきた。

白羽修佑はまだ帰ってきていない。

『――夜分に失礼します、ね。ナディブラ、ミズク』

それは八潮アイ＝アルイアからだった。

ナディブラはいまだに、彼女をどう扱うべきか困っている。身体は人間の八潮アイだが、自分たちに接する様子は、まぎれもなくアルイアだ。

『なんじゃ突然、グループなぞ作って、通話してきおって』

「私これから、シュウさんの夕飯を作らないと――」

『すぐに済みます、ので。ああ、白羽先輩には内密に』

そう言われて、電話越しに緊張が走る。

修佑に関わる重大事だと、女幹部たちの間で理解が通じたのだ。

『……アルイアは、記憶消去装置の解析(かいせき)をおこないました』

『そうじゃったな。そのおかげで、お主は蘇生したわけじゃし』

『はい。ですが——やはりあのデバイスには、尋常(じんじょう)ならざる技術が使われています。少なくとも、この文明圏における最先端技術ではありません』

「どういうことですか？」

話が不穏(ふおん)になっていくのを感じながら、ナディブラは問う。

『簡単に言えば——リクトーもまた、別次元から技術を持ち込んだ可能性があります。それほどの異質な技術です』

「！」

『——ほう』

八潮アイはさらに続ける。

『リクトーおよびヒートフレアの開発には——我々アステロゾーア同様、他次元の技術が関わっている可能性が、高い、です』

『ま、お主が言うならそうじゃろうな』

ミズクはさして驚いた様子もなく。

『アステロゾーアの怪人をあっさり倒しちまうんじゃ。やべーもんが裏にいるのは間違いなかろう』

『このことは――白羽先輩には内緒にしていてください。もし彼が知ってしまったらどうなるか。私も、どこまで調べるべきか、考え中なので』

リクトーの内情を調べるなら、八潮アイが適任だろう。

だが、仮に他次元のなにかが関連しているとして――そんな技術を、一社員においそれと教えるはずがない。

リクトーの裏は、思ったより根深そうだ。

「気をつけてくださいね……アルイアちゃん」

ナディブラは結局、八潮アイをそう呼んだ。

電話越しに、頷く気配がした。

「このことは……私たち幹部だけの、秘密ですからね」

すぐに通話が終わる。

幹部同士で意思を共有するなど――アステロゾーア時代でさえなかったことだ。だからこそ、ナディブラは恐れている。

イデアが戻ってくることを。

白羽修佑が危険にさらされることを。

「大丈夫――なにがあっても、私たちが守りますからね、シュウさん」

ナディブラは一人、呟いた。

八潮アイが、白羽修佑の隣に越してきたのも——本当は、不測の事態に備えるための行動だと、ナディブラは薄々感づいていた。

きっともうすぐ、イデアが覚醒する。

修佑は絶対に守らねばならない。だが一方で、イデアと対峙したとき、自分にはなにができるだろうか。

(……大丈夫、私は、大丈夫……)

ナディブラは、無言でシチューをかき混ぜていく。

自分の中の複雑な感情も、一緒にふつふつと煮込まれていくようだった。

あとがき

皆様こんにちは、折口良乃(おりぐちよしの)です。今回1ページしかないので巻きでいきます。

ついに禁断の領域、一般人間女性の怪人化に手をだしました。八潮(やしお)アイ＝アルイア、どうでしたか。めちゃくちゃカワイイ無表情後輩系ヒロインを今後もよろしくお願いいたします。


それでは謝辞(しゃじ)を。

担当の蜂須賀(はちすか)さん。いつも丁寧(ていねい)なお仕事ぶり、助かっております。

イラストを担当してくださるZトン先生。特撮ラノベということで話が盛り上がり、色々と提案してくださってありがとうございます。ヒートフレアもカッコいいぜ！

そしていつも絡(から)んでくださる作家の皆さま、ならびに友人がた。本当にありがとうございます。


そして誰よりも読んでくださった皆様へ、最大限の感謝を。

三巻は山場になりそうです！

折口良乃

ダッシュエックス文庫

女怪人さんは通い妻2

折口良乃

2023年6月28日　第1刷発行

★定価はカバーに表示してあります

発行者　瓶子吉久
発行所　株式会社　集英社
〒101-8050　東京都千代田区一ツ橋2-5-10
03(3230)6229(編集)
03(3230)6393(販売／書店専用)　03(3230)6080(読者係)
印刷所　凸版印刷株式会社
編集協力　蜂須賀隆介

ISBN978-4-08-631511-1 C0193